Ria mortelle

JEAN-MARC PERRET

Ria mortelle

ÉDITIONS DU PALÉMON
ZI de Kernevez - 11 B rue Röntgen - 29 000 Quimper

DU MÊME AUTEUR

n°1 - Les diaboliques de Saint-Goustan
n°2 - Ria mortelle

Retrouvez tous nos ouvrages sur www.palemon.fr.

CE LIVRE EST UN ROMAN.
Toute ressemblance avec des personnes, des noms propres, des lieux privés, des noms de firmes, des situations existant ou ayant existé, ne saurait être que le fait du hasard.

Si l'action se déroule la plupart du temps dans des sites aisément identifiables, pour les besoins du récit, j'ai néanmoins pris à plusieurs reprises quelques libertés avec la géographie locale. Par ailleurs, il s'agit d'une œuvre de pure imagination et toute ressemblance avec des personnes, entreprises ou commerces existants ne serait bien entendu que pure coïncidence.

1

Lundi 4 juin.

Au volant de sa Mini Cooper blanche, Nathalie conduisait à vive allure sur la route côtière coincée entre la Petite Mer de Gâvres et l'océan. D'un côté, le décor rude et dépouillé de la rive sud de la Petite Mer ; de l'autre, le bleu vif de l'océan orné du blanc de l'écume qui écrêtait les vagues. Mais de ce panorama Nathalie n'avait cure. Elle fulminait contre les premiers touristes de ce début de saison qui prenaient tout leur temps, n'ayant aucune raison de se presser. Elle jeta un coup d'œil à sa montre. Déjà dix-huit heures trente ! Le geste la fit dévier vers le milieu de la chaussée, et lui valut le coup d'avertisseur rageur d'un camping-car venant en face. Nathalie se rejeta promptement sur la droite. Comble de malchance, l'armée lui avait fait perdre trente minutes supplémentaires en fermant l'accès à la langue côtière en raison de tirs d'essai[1]. Elle tapota nerveusement sur le volant. Toujours la même histoire : au début, on a l'éternité devant soi, puis tout s'accélère. Julien l'avait pourtant mise en garde contre le retard qu'elle allait prendre. À l'évocation du nom aimé, Nathalie sentit un poids au milieu de sa poitrine et la tristesse l'envahir. Il lui faudrait patienter une semaine avant de le revoir, autant dire des siècles.

Elle aperçut sur la droite les premières fortifications de Port-Louis. Elle était proche de Gâvres, à cinq minutes de L'Éolienne, sa demeure située au sud de la pointe, mais elle aurait dû être rentrée pour dix-sept heures. Qu'allait penser Georges ? Bien sûr, elle aurait pu le prévenir depuis son portable, mais le courage lui avait manqué. La peste, ce tracteur qui maintenant se traînait devant elle ! À ce rythme, ce n'était pas cinq, mais au moins dix minutes qui lui seraient nécessaires pour regagner le *home* familial. Nathalie déboîta, aperçut au loin, en sens inverse, une caravane qui lui semblait ne pas avancer bien vite. Avait-elle le temps de doubler ? Elle se porta à la hauteur du tracteur, appuya sur l'accélérateur ; la caravane se rapprocha dangereusement. Nathalie écrasa le frein, se rabattit derrière le tracteur. *Mon Dieu ! Je suis inconsciente, j'allais me tuer*, s'affola-t-elle, alors que la caravane la croisait tous phares allumés, le conducteur lui adressant un doigt vengeur. Une sueur froide lui baigna le dos, tandis qu'elle frissonnait de peur rétrospective. Elle dut presser ses mains sur le volant pour les empêcher

1. *L'action de ce roman se situe en juin 2008. L'armée a mis fin à ses tirs sur le polygone de Gâvres en 2010.*

de trembler. Enfin, après de longues minutes, le tracteur qu'elle avait prudemment collé lui laissa le champ libre à l'entrée de Gâvres.

Devant l'église Saint-Gildas, elle prit à gauche vers la côte, doubla l'ancienne ferme du XVIIIe siècle en cours de rénovation, et deux cents mètres plus loin, s'engagea sur le chemin de Porh-Kemen qui menait à L'Éolienne.

Nathalie se gara devant l'imposante demeure traditionnelle au toit en ardoise, remit prestement de l'ordre dans sa longue chevelure noire, et quitta sa Cooper. Dans le calme de cette fin de journée, ses pas résonnaient d'une façon qu'elle jugea sinistre sur les gravillons du jardin, comme les pas de quelqu'un qui va se présenter devant un implacable examinateur.

Instinctivement, elle chercha Ranko du regard. Mais son épagneul ne répondrait plus jamais. Sa trop courte existence s'était achevée trois semaines plus tôt, quand le camion d'un livreur trop pressé avait fauché l'animal. Georges lui avait suggéré de le remplacer au plus vite, mais elle s'y était refusée : il n'y avait eu et il n'y aurait jamais qu'un seul Ranko.

Nathalie poussa la porte d'entrée, pénétra dans la maison silencieuse. La gorge sèche, elle se rendit à la cuisine pour se servir un verre d'eau. Elle portait le verre à ses lèvres, contemplant la jetée de galets qui s'étalait en contrebas, quand elle entendit la voix derrière elle.

— Alors, ma chérie, c'est à cette heure que tu rentres ?

Nathalie se retourna brusquement.

Elle n'aimait pas lorsque Georges l'appelait « ma chérie », cela ne présageait rien de bon.

— J'étais très inquiet. Pourquoi ne m'as-tu pas téléphoné pour m'annoncer ton retard ? poursuivit-il.

— Je suis stupide, Georges, j'étais avec Corinne à Étel, et nous avons papoté comme de vraies commères, sans regarder l'heure. De plus, au retour, je suis restée bloquée un bon moment à cause des essais de missiles.

— Je sais que tu étais avec Corinne. Comme souvent le lundi. J'ai appelé plusieurs fois, j'ai même laissé un message, mais ton portable était sans doute éteint, comme d'habitude...

Nathalie s'efforça de réfléchir le plus sereinement possible. Georges, ne la voyant pas rentrer, avait vraisemblablement téléphoné vers dix-sept heures quinze ou dix-sept heures trente. Elle jugea prudent de se justifier.

— Après avoir quitté Corinne, je me suis rendue à Rosavel. Notre expo de peinture est proche, et il y a plein de choses à préparer. Ensuite, je suis descendue jusqu'au port. J'ai fait quelques vérifications sur notre bateau, puis me suis promenée. Il faisait tellement beau que j'ai voulu en profiter. Bientôt, on sera envahi de vacanciers, ça va être une cohue pas possible, surtout si ce beau temps se maintient.

Georges la considéra, un léger sourire sur les lèvres.

— Voyons, tu n'embrasses pas ton pauvre mari qui se fait tant de souci pour toi ?

Nathalie s'avança, se pencha sur Georges, lui effleura les lèvres.

— C'est curieux, tes cheveux sentent le tabac.

Julien ! Julien qui n'arrivait pas à renoncer à ses sacrées cigarettes ! Les cigarettes après l'amour sont irremplaçables, assurait-il. Résultat : elle se retrouvait tout imprégnée de leur odeur.

— Ce sont les cigarettes de Corinne. Elle vient de recommencer à fumer. Elle prétend que ça lui calme les nerfs. Elle stresse, car sa boutique de fringues ne marche pas aussi bien qu'elle l'espérait. En voici une, par contre, qui attend l'arrivée des touristes avec impatience.

Nathalie se reprenait tout doucement. Elle s'en voulait de son attitude résignée, presque fautive.

Après tout, que Georges aille au diable, lui et ses maudites questions ! Elle décida de couper court.

— Dis-moi, Georges... Et si je nous préparais un apéritif ? Que dirais-tu d'un petit whisky ?

Et sans attendre la réponse, Nathalie se dirigea vers le salon. Au passage, Georges tendit le bras, lui entoura les hanches, appuya sa tête contre elle.

— Il faut me comprendre, ma chérie. Depuis mon accident, j'ai toujours peur lorsque tu prends le volant. Je ne parviens pas à me raisonner, c'est plus fort que moi.

Nathalie passa la main dans les cheveux de son mari, essayant de mettre dans cette simple caresse toute l'affection dont elle était capable, puis se dirigea vers le bar. Georges, pendant quelques secondes, observa d'un air pensif la silhouette de sa femme qui s'éloignait, puis lança son fauteuil roulant en mode de marche automatique.

*

Le repas du soir fut morne. Nathalie entretenait une conversation languissante à laquelle Georges ne participait le plus souvent que par monosyllabes. Il fallut en attendre la fin pour que Georges consente à se fendre d'une phrase complète :

— Tu ne me demandes pas pourquoi j'ai essayé de te joindre cet après-midi ?

— Mais tu m'as dit toi-même que tu t'inquiétais pour moi.

— Je ne me suis inquiété qu'à partir du moment où tu n'étais pas revenue à l'heure dite.

Nathalie se mit sur ses gardes. Avait-elle commis un impair ? Ce serait bien dans le style de Georges de la laisser mijoter tout le repas avant de lui assener une phrase assassine de son cru. Affectant un air détaché, elle se leva de table.

— Je vais préparer le café. Et alors, que voulais-tu donc me dire ?

— Sophie nous a appelés. Elle rentre d'Angleterre dans trois semaines. Je voulais te mettre tout de suite au courant. Je pensais que ça te ferait plaisir d'avoir des nouvelles de notre fille, de savoir qu'elle nous reviendrait plus tôt que prévu.

Dans l'instant, Nathalie se sentit soulagée.

— Eh bien, en voilà une bonne nouvelle ! Et comment s'est passé son dernier trimestre ?

— Encore mieux que prévu. Désormais, elle parle couramment anglais. Je crois qu'elle a hérité de mes facilités pour les langues. Tu sais que tu devrais t'y remettre sérieusement, ma chérie. Ne pas parler anglais, aujourd'hui, c'est une véritable infirmité.

Cause toujours ! Question infirmité, ça ne vaut pas la tienne, mon pauvre Georges, rumina Nathalie qui s'en voulut aussitôt. C'était odieux de sa part. Georges avait vu sa vie brisée à la suite de son accident d'auto, il y avait de cela presque deux années. Une période de cafard s'était ensuivie, remplie de pulsions suicidaires. Puis, tant bien que mal, après une longue psychothérapie, il avait réussi à faire face. Il s'était plongé dans l'écriture, une histoire de Port-Louis, ce qui, disait-il, constituait son meilleur remède. Elle devait le comprendre : lui, si actif, avait dû renoncer à tant de choses qu'il aimait. N'était-il pas normal que son humeur fût parfois si sombre ? Elle reconnaissait qu'il faisait le maximum pour dépasser son handicap, vivre sa vie de la façon la plus autonome. À sa place, comment aurait-elle réagi ? Elle préférait ne pas y songer.

*

Plus tard, au lit, incapable de trouver le sommeil, Nathalie sentit la culpabilité refaire surface. Tromper Georges alors que depuis son accident leurs échanges amoureux étaient devenus presque inexistants, n'était-ce pas ignoble ? Et pourtant, à trente-cinq ans, elle avait bien le droit de vivre sa vie. Elle repensa au texto que lui avait envoyé Julien, qu'elle avait lu et relu avant de se coucher :

« *J'espère que tu es bien rentrée, mon amour. Je t'aime de tout mon corps. Tu me manques déjà.* » Oui, elle avait bien le droit de vivre sa vie. Il fallait juste que Georges n'en souffrît pas.

2

Mardi 5 juin, fin de matinée. Étel.

Loïc Guermeur remisa dans le tiroir de son bureau la flasque de whisky dont il venait de vider un bon tiers. Une multitude de vaisseaux éclatés marbraient ses pommettes et son nez. Il se renversa dans son fauteuil, rota bruyamment. La matinée ne lui avait apporté que des satisfactions. Le chantier de Carnac serait terminé dans les temps, ce qui n'était pas gagné d'avance, et, pour une fois, le rapport de l'inspecteur du travail ne l'avait pas trop esquinté. Dieu sait qu'il s'était pourtant méfié du petit nouveau, ce Maréchal, un gauchiste teigneux qui ne pouvait pas blairer les patrons.

Maintenant, il allait pouvoir lancer l'opération sur Erdeven. Là, c'était le gros morceau pour la Guermex, entreprise de travaux publics dont il était PDG et actionnaire majoritaire. La Guermex avait remporté l'appel d'offres à la surprise générale, soufflant le marché aux Constructions du Morbihan, pourtant bien implantées dans le secteur. Oui, tout allait pour le mieux pour Loïc Guermeur, à part l'histoire avec cette petite salope de Marinette, son ancienne secrétaire. Elle avait démissionné pour un simple pelotage de fesses, et maintenant elle l'attaquait aux prud'hommes pour harcèlement sexuel. Guermeur poussa un juron. Quand on ne veut pas se faire mettre la main au panier, on ne porte pas un string ! Et puis, il était de notoriété publique qu'elle ne faisait pas la fine gueule pour couchailler à droite et à gauche. Si elle voulait lui faire cracher du pognon, elle se fourrait le doigt dans l'œil jusqu'au fond de sa petite culotte. L'évocation de l'épisode Marinette lui rappela de fil en aiguille qu'on était mardi et que le surlendemain, jeudi soir, aurait lieu la réunion mensuelle du club. Guermeur consulta sa montre : midi moins le quart. Le moment était venu d'appeler ce fainéant de Mangin qui, à cette heure, devait quand même être réveillé. Il s'empara du téléphone. Au bout de quelques secondes, on décrocha.

— Allô ! C'est toi, Lisette ? C'est Loïc. Est-ce que ton homme est debout ? J'ai à lui causer.

— Ne quitte pas, je vais chercher Dédé, lui répondit une voix cassée par des camions de cigarettes.

Guermeur dut patienter de longues minutes. Pour tuer le temps, il eut recours à son tic favori qui consistait à se pétrir consciencieusement l'entrejambe. Il en profita aussi pour écluser une nouvelle portion du liquide malté. Enfin, il perçut la voix de Dédé.

— Salut, Loïc. Comment va ?

— Comme c'est mené, Dédé, comme c'est mené. Tu m'excuseras de t'arracher à tes multiples occupations, mais tu sais pourquoi je t'appelle ?

— Bien sûr. Pour qui me prends-tu ? Il est des rendez-vous qu'on n'oublie pas.

— Bon. Y aura du matériel ?

— Tout ce qu'il faut. Et une nouveauté dont vous ne me direz que du bien. Vous serez tous les quatre ?

— A priori, pas de défection. Ah, au fait, l'Angliche voudrait une « spéciale » comme il y a deux mois. Tu peux lui préparer ça ?

— Hum ! Celui-là, avec ses idées tordues, il va finir par me causer de sérieuses emmerdes… Enfin, je vais voir… Je vais faire mon possible, mais je ne promets rien. Il se rappelle du tarif ? Je veux du cash.

— T'en fais pas. Le fric, c'est pas un problème pour ce mec.

— Bon. C'était juste une réflexion comme ça. Vous vous pointez comme d'habitude, à vingt et une heures ? Et pour le repas, la même chose ?

— Surtout ne change rien au repas ni à ce qui suit, mon Dédé d'amour. Car c'est comme ça qu'on t'aime…

Sur ce, Loïc Guermeur raccrocha et absorba une nouvelle lampée de son breuvage favori. Il regarda de nouveau sa montre-bracelet. Midi. Il reprit le téléphone et composa le numéro de Yann, un de ses conducteurs de travaux.

— Yann ? C'est Loïc. Dis donc, tu rentres chez toi, ce midi ? Non ? Alors retrouve-moi sur le parking, on va bouffer chez Jeannette.

*

Maître Richard Doucy achevait la lecture du compromis de vente. Les jeunes mariés qui lui faisaient face paraissaient ravis. Devenir propriétaire constituait sans doute un des premiers objectifs de leur jeune vie maritale. Il caressa le lobe de son oreille droite qu'il ornait depuis peu d'un petit anneau d'or. Il avait longuement hésité à se parer de cette fantaisie, la jugeant peu digne de son statut, mais Soizic, sa jeune maîtresse, avait su le convaincre. « Avec tes sempiternels costumes noirs et ton crâne rasé, tu as l'air sinistre. Un anneau à l'oreille, ça fera plus décontracté, plus jeune, quoi ! »

Sa femme, en revanche, n'avait pas apprécié et lui avait fait la gueule ; mais, de toute façon, elle lui faisait toujours la gueule.

Les jeunes mariés apposèrent leur paraphe au bas des pages de l'acte, se confondirent en remerciements envers le notaire. Lui n'avait qu'une hâte : voir disparaître ces amoureux transis dont le conformisme lui donnait la nausée. D'ailleurs, tout lui donnait la nausée en ce moment. Il les raccompagna à la porte de son allure la plus solennelle, car il savait que c'était ce que ces deux godiches attendaient d'un notaire digne de ce nom, et, après tout, pourquoi décevoir les tourtereaux ?

Sitôt le jeune couple parti, maître Doucy se tourna vers son clerc :

— Vous pouvez me laisser, Robert, nous nous en tiendrons là pour l'instant.

— Vraiment, Maître ? Mais nous devions traiter le dossier Gabourieux qui a déjà pris du retard et…

— Eh bien, j'ai changé d'avis, nous verrons cela plus tard.

La voix cassante du notaire n'incita pas Robert à persister dans son zèle professionnel. Hâtivement mais sans bruit, comme à son habitude, il rangea ses affaires et, plus rat de couloir que jamais, quitta le bureau de son patron.

Une fois seul, le notaire se laissa aller dans son fauteuil et porta la main à sa poitrine. Il percevait les battements précipités de son cœur. Depuis peu, à cause du manque, les crises d'anxiété, avec leur cortège d'appréhensions en tout genre, étaient bien plus fréquentes. À cela, il ne connaissait qu'un seul remède efficace : Peter Allison. Maître Doucy se saisit de son portable. Comme de coutume, il tomba sur la boîte vocale. Peter ne répondait jamais directement. S'appliquant à prendre un ton détaché, il demanda qu'on le rappelle le plus rapidement possible. Son message déposé, maître Doucy frotta ses mains humides l'une contre l'autre. Il était prêt à prier Dieu, Vishnou, ou n'importe quelle autre divinité pour que Peter lui réponde sans tarder. Il alluma une cigarette, obligé de tenir son briquet à deux mains pour contenir leur tremblement. Enfin, au bout de quelques minutes d'attente, la tonalité de son portable se fit entendre. C'était Peter.

— Peter, mon Dieu ! Vous ne pouvez savoir à quel point je suis content que vous me rappeliez. J'ai terriblement besoin de vous.

Maître Doucy se rendait compte que sa voix était hachée, tendue, et cela l'irritait au plus haut point.

Il s'en voulait de se présenter dans un tel état de soumission.

— *Hello*, Richard. Que vous arrive-t-il ? Je vous sens crispé, mon vieux. Pourquoi êtes-vous si nerveux ?

Peter Allison prononçait « Ritchard », à l'anglaise, et s'exprimait avec lenteur, son léger accent donnant un ton caustique à son phrasé.

— Peter, vous devez me dépanner. Je ne me sens pas bien du tout.

— Oh, déjà, mon cher ! Mais votre dernière commande date à peine de la semaine dernière !

— Et alors ? C'est mon problème, non ? (Oh oui ! c'était son problème, il ne pouvait mieux dire…) Mais il me semble que vous y trouvez votre compte, n'est-ce pas ?

— Je vous en prie, gardez votre calme, je sens que vous allez devenir vulgaire. Les questions d'argent sont secondaires entre deux gentlemen comme vous et moi. Rassurez-vous, le club se réunit jeudi soir, et je vous apporterai ce que…

— Il est hors de question que j'attende jusque-là !

Pour obtenir ce qu'il désirait, maître Doucy, notaire respecté à Étel et dans ses environs, était prêt à abdiquer toute dignité, jusqu'à supplier s'il le fallait.

— Peter, il faut me livrer aujourd'hui. Bon Dieu ! Ne me laissez pas tomber, vous savez bien que votre prix est le mien.

— OK, Richard, calmez-vous. Tonton Peter répond toujours présent quand ses amis sont dans le besoin. Je vais vous remettre sur les rails, mon vieux. « Caroline » sera dans votre boîte aux lettres personnelle cet après-midi, vous avez ma parole. Et vous me paierez jeudi soir au Cormoran, ça vous va comme ça ?

— Oui… Euh… Je vous remercie, Peter. Merci beaucoup. Je savais que je pouvais compter sur vous.

À l'autre bout, il entendit Peter Allison émettre un petit rire moqueur. Exténué mais soulagé, maître Doucy éteignit son téléphone. Il promena son regard sur le bureau lambrissé, la moquette épaisse, les fauteuils en cuir, puis sur le portrait du père dominateur qui lui faisait face. Enfin, il s'attarda sur la grande glace, et, une fois de plus, ce qu'il vit lui fit honte.

*

La porte du bureau de Christian Mercillac, directeur de l'agence ételloise de la Morbihannaise de Crédit, s'était refermée avec fracas. Chris, comme il aimait à se faire appeler par ses amis, ne décolérait pas. Sous prétexte qu'il venait de refuser une nouvelle ligne de crédit, il lui avait fallu endurer insultes et intimidations. Non mais, quel culot ! Il avait dû éconduire l'excité sans ménagement.

Mercillac tritura nerveusement les poils de sa moustache. Au bout du compte, il se trouvait victime de sa réputation. Le bouche-à-oreille le disait peu regardant pour lâcher du crédit. Il est vrai qu'il s'était montré complaisant avec beaucoup trop de gens en échange de compensations variées. Le dernier audit diligenté par sa direction lui avait valu une sévère mise en garde : retour rapide à l'orthodoxie, sinon il s'exposait à une mutation express avec rétrogradation, le tout assorti d'une mise à l'épreuve d'une année. Heureusement, la Guermex avait décroché l'appel d'offres pour la construction du complexe de loisirs à Erdeven. Guermeur pourrait ainsi faire face à ses échéances, ce qui améliorerait sérieusement la situation de ses encours. Cependant, il lui faudrait être plus prudent à l'avenir.

Et l'autre qui s'était permis de le menacer. « J'ai besoin de cet argent ! Accordez-moi ce que je vous demande, sinon je raconte tout ce que je sais sur vous et vos copains, ainsi que sur vos soirées spéciales. C'est pas joli, joli… Ça pourrait faire du boucan ! »

Non mais ! Pour qui se prenait-il ? À quoi faisait-il allusion ? Au club ? Une bouffée de colère l'envahit. Christian Mercillac détestait plus que tout qu'on lui dictât sa conduite.

3

Mardi 5 juin, midi et demi. Étel.

Nathalie Bramant retrouvait Corinne pour un petit repas entre copines au Salon de Morgane, un des rituels qui entretenaient leur amitié. Située à deux pas du musée des Thoniers, l'enseigne élégante du Salon de Morgane attirait infailliblement l'attention du passant. Dans une salle d'à peine vingt-cinq mètres carrés, dont les larges baies vitrées procuraient en toute saison une belle clarté, Morgane exposait plusieurs toiles d'artistes locaux, pour l'essentiel des marines, ainsi qu'un grand choix de peintures sur galets. Nathalie, qui s'y était elle-même essayée depuis peu, non sans talent, fournissait à Morgane des galets joliment décorés de couleurs moirées qui rencontraient un franc succès. Les amateurs du genre pouvaient également emprunter ou acheter un roman policier dont l'imposante collection occupait tout un pan de mur. Mais surtout, le salon s'agrémentait de trois petites tables rondes sur lesquelles il était possible de déguster une des succulentes tartes maison que servait, avec une extrême gentillesse, la maîtresse des lieux.

Exception faite de leur couleur de cheveux : noirs pour Nathalie, blonds pour Corinne, les deux amies se ressemblaient étrangement : même silhouette harmonieuse sur une taille élancée, visage semblablement ciselé avec des pommettes légèrement saillantes. Elles allaient jusqu'à adopter le même style de vêtements, et pour cela il y avait une excellente raison : Nathalie se fournissait à La Brigantine, dont la propriétaire n'était autre que son amie intime Corinne Garec. L'essentiel du commerce était constitué de prêt-à-porter féminin de qualité, mais les clientes pouvaient aussi y acquérir des pièces de lingerie fine et des foulards soyeux, des bijoux fantaisie, et même, si l'envie les prenait, des perruques ou des postiches aux coloris variés.

Nathalie avait passé commande d'une tarte aux légumes, Corinne avait opté pour une tarte au saumon, chacune accompagnant son plat d'un verre de bourgueil.

Corinne se montrait particulièrement enthousiaste.

— C'est fait, j'ai réussi à vendre mon premier ensemble de plage. C'est Janine Lenoir qui me l'a acheté ce matin.

— En voilà une copine ! Je t'avais dit de me le réserver, se récria Nathalie.

— Elle m'a acheté le vert ; tu n'aimes pas cette couleur. Tu prendras le rouge.

— Ah non ! Pas question ! On va sur les mêmes plages. Je n'ai pas envie de me retrouver fringuée comme elle. Tu n'y penses pas !

— Ne t'énerve pas, Nat. Si j'ai fait affaire avec la mère Lenoir, c'est que j'ai mieux pour toi : une adorable petite tunique d'amour. Passe donc la voir tout à l'heure. Avec ça, tu seras irrésistible.

Corinne s'interrompit brusquement.

— Tu me parais soucieuse. C'est à cause de Georges ?

— Oui et non. Georges a essayé de me joindre hier après-midi. Il voulait simplement m'annoncer le retour d'Angleterre de Sophie. Il n'empêche que... Je suis sûre qu'il se doute de quelque chose. C'est tout, sauf un imbécile.

Nathalie émit un profond soupir.

— Je ne sais plus où j'en suis, Corinne. J'ai tellement peur de lui faire du mal. Je culpabilise à mort, surtout à cause de son état. Mais, d'un autre côté, je ne peux pas me passer de Julien. Non, ça c'est impossible. Je me dis parfois que je préférerais... mourir.

— Allez, ne dis pas de bêtises.

— Tu ne peux pas comprendre. Toi, les hommes, ça va, ça vient.

— C'est le cas de le dire, pouffa Corinne.

— Idiote, sourit Nathalie à son tour. On ne peut pas discuter sérieusement avec toi.

— Mais si ! répondit Corinne avec humeur. Mais je vois que tu t'emballes avec ton Julien, et ça m'inquiète. Es-tu vraiment sûre de lui ?

— Évidemment. Il y a des signes qui ne trompent pas. Il m'aime et je l'aime, c'est aussi simple... et compliqué que ça.

Corinne avala une gorgée de vin, et reprit.

— C'est vrai que ton Julien, parole de femme, il n'est pas sans charme, mais moi, tu vois, c'est quand même pas mon type. J'aime pas trop les costards-cravates, je préfère le style sportif, décontracté.

— Un directeur d'agence immobilière est bien obligé de porter le costume. Ça inspire confiance.

— Oui, il paraît, fit Corinne, dubitative. Et puis, c'est grâce à lui que vous avez eu votre maison. Tu lui dois au moins ça.

Cette fois, ce fut Nathalie qui riposta aigrement.

— Là n'est pas la question, et je ne comprends pas pourquoi tu te permets de me dire ça ! Mes sentiments pour Julien n'ont absolument rien à voir avec le fait qu'il nous ait trouvé L'Éolienne, je te prie de me croire !

Un répit suivit l'échange un peu vif entre les deux amies. Trois ans déjà, songea Nathalie, trois ans que Julien Daquer, agent immobilier à Belz, leur avait déniché cette jolie chaumière à la pointe de Gâvres. Georges, las de la vie parisienne, suite à une légère attaque cardiaque, avait démissionné du cabinet d'experts-comptables où il occupait les fonctions de directeur adjoint, pour, après quelques mois passés à Étel, s'installer à son compte à Gâvres, dont il était originaire. L'idée de Georges était de cibler sa clientèle parmi les PME locales. « Mieux vaut dégager une petite marge sur un grand nombre de clients que dépendre de quelques grosses boîtes qui peuvent vous laisser tomber à tout moment », avait-il coutume de dire à l'époque. Pour Nathalie, l'acclimatement avait été difficile. Elle trouvait qu'à l'instar des Groisillons, dont l'île faisait face à la commune, les habitants de Gâvres possédaient une mentalité d'îliens et qu'il n'était pas évident de forcer leur sympathie. Peu à peu et non sans mal, elle était parvenue à s'adapter au mode de vie local et à l'apprécier. Et, surtout, son amour de la mer et de la navigation à voile, qu'elle pratiquait depuis son plus jeune âge, avait été le plus fort. Elle était tombée sous le charme du port d'Étel et avait insisté pour que leur petit voilier y demeurât amarré, malgré les réticences de son mari qui l'avait mise en garde contre la dangerosité de la barre. Georges avait su développer son cabinet, et ses affaires avaient plutôt bien marché jusqu'à cette nuit d'hiver où il avait perdu le contrôle de sa voiture. Son corps disloqué avait été extrait à grand-peine du véhicule. Après quinze jours de coma, il avait enfin repris connaissance. Il était hors de danger, mais resterait infirme toute sa vie. Le coup avait été terrible. « J'aurais dû mourir ! » avait-il plusieurs fois répété. À peine sorti d'une longue dépression, il avait presque entièrement renoncé à ses activités professionnelles, ne conservant que quelques clients soigneusement sélectionnés. Les indemnités perçues au titre de ses assurances ainsi que les revenus de placements particulièrement lucratifs permettaient de maintenir le train de vie du couple, et Georges s'était soudainement passionné pour l'histoire locale. « Une fois plongé dans mes recherches et dans l'écriture, j'oublie mon handicap », prétendait-il, mais jusqu'à quel point était-il sincère ?

Julien, qui avait appris l'accident, leur rendit visite à plusieurs reprises. La prévenance dont faisait preuve l'agent immobilier ainsi que le charme qui émanait de sa personne ne laissaient pas Nathalie indifférente. Après une cour discrète qu'elle n'avait pas refusée, Julien s'était fait plus direct. Nathalie avait fini par céder quinze mois plus tôt. Entre les bras de son amant, elle avait découvert des joies nouvelles, et ce qui n'était au départ qu'un simple dérivatif s'était transformé en une passion dévorante dont elle se refusait à prévoir l'issue.

Corinne rompit le silence.

— Excuse-moi, je suis nerveuse en ce moment. C'est à cause du magasin. Si juillet et août ne marchent pas super bien, je serai peut-être amenée à mettre la clé sous la porte.

Nathalie lui prit la main.

— J'espère de tout cœur que tu vas t'en tirer, Corinne.

Regardant son amie droit dans les yeux, elle ajouta gaiement :

— En tout cas, tu peux compter sur moi pour développer ton chiffre d'affaires !

— Alors, croisons les doigts.

— Corinne, crois-moi : le jour où tu seras amoureuse, tu verras la vie autrement.

— Eh bien, compte tenu de ce que j'ai vu des hommes jusqu'à présent, je ne suis pas pressée.

Corinne consulta sa montre.

— À propos d'être pressée, il faut que j'aille ouvrir le magasin, il est bientôt quatorze heures. J'ai toujours plus de monde le jour du marché.

Les deux femmes se levèrent, réglèrent leur note à Morgane, et se dirigèrent de concert vers la rue de la Libération, jusqu'au magasin de Corinne.

— Tu viens voir la tunique?

— Une autre fois, Corinne. La marée sera haute dans un peu moins de trois heures, et je vais m'offrir une petite sortie en mer. Je comptais faire un tour à Rosavel, mais le temps est vraiment trop beau.

— Veinarde. Je t'envie! Avec ce ciel, tu vas te régaler.

— Tu sais que tu peux prendre le bateau quand tu veux.

— Oh la la! Je préfère que tu sois avec moi. Je n'ai pas ton expérience de « louve » de mer.

— Mais si, tu te débrouilles très bien. Bon, j'y vais. Ne manque pas de bonnes affaires par ma faute. À demain, pour la tunique, fit Nathalie en embrassant son amie.

Corinne la laissa parcourir quelques mètres, puis l'interpella joyeusement.

— Eh, Nat! Encore une chose!

— Oui?

— Tu l'as fait dans le bateau, avec Julien?

Nathalie haussa les épaules, puis éclata de rire.

— À toi d'imaginer.

— Aïe, surtout pas! Je vous laisse à vos turpitudes, fit Corinne avec une grimace comique.

Et sur un dernier signe de la main, elles se séparèrent.

*

Nathalie ne mit qu'un quart d'heure pour rejoindre, à l'extrémité du port de plaisance, le ponton où était amarré le *Genath*, un petit voilier d'un peu moins de cinq mètres équipé d'une cabine où pouvaient loger deux personnes. Bien qu'il fît très beau et que la brise fût légère, Nathalie s'assura qu'aucune contre-indication à la sortie en mer ne figurait au mât du sémaphore.

Quelques minutes plus tard, après le passage de la barre, Nathalie trouvait sur l'océan une mer d'huile, avec juste ce qu'il fallait de brise. Elle mit le cap au sud-est vers la plage de Kerminihy. À mi-chemin de la pointe d'Erdeven, elle prit garde d'éviter le petit rocher de Niscobic qui pouvait se révéler traître. Elle s'approcha de la côte et jeta l'ancre. Le ciel était d'azur et la mer était belle. Pas âme qui vive. Comment résister, elle qui aimait tellement l'eau, au plaisir d'une baignade? Nathalie se dévêtit entièrement et plongea dans le bleu turquoise de l'océan. Excellente nageuse, elle ondoyait avec aisance dans les eaux encore fraîches de ce mois de juin. Au bout de quelques minutes, détendue, rassérénée, elle remonta à bord du *Genath*, et s'allongea sur le pont, goûtant la chaleur du soleil sur sa peau nue.

Bercée par le mouvement lascif de la houle, elle ferma les yeux, savourant la quiétude de l'instant. Il ne lui manquait que Julien. Elle pensa à son amant en train de téléphoner dans son bureau ou faisant visiter quelque élégante demeure sur la côte. Ses pensées se firent plus précises à l'évocation de leur dernière rencontre. Elle, si prude jusqu'alors, se livrait sans retenue à Julien. Ce qu'elle avait toujours refusé à Georges, elle l'acceptait de son amant et même le lui réclamait.

Silencieusement, elle l'appela en elle, éveillant toute sa sensualité qui couvait à fleur de peau, tandis qu'elle dirigeait sa main vers le milieu de son corps. Au plus fort de son extase, elle vit le visage adoré, penché au-dessus d'elle.

*

Peu avant dix-huit heures, Nathalie engageait sa Cooper dans l'allée de L'Éolienne. Cette fois, elle avait pris soin d'avertir Georges de l'heure de son retour. Elle le trouva assis dans son bureau, devant l'ordinateur. Il semblait, exceptionnellement, de très bonne humeur.

— J'ai bien avancé. Le duc de Mercœur vient de céder Port-Louis aux Espagnols.

— Voyons ça, fit Nathalie, posant la main sur l'épaule de son mari. Mon Dieu ! C'est toi Georges qui a fait ce tableau ? Tout ça m'a l'air bien compliqué.

— Philippe-Emmanuel de Lorraine, autrement dit le duc de Mercœur, gouverneur de Bretagne, était le frère de Louise de Lorraine, la reine de France, et, donc, le beau-frère du roi Henri III. Ce que tu vois n'est qu'une généalogie simplifiée, pour résumer la situation. En fait…

— Oh, je te fais entièrement confiance, l'interrompit Nathalie. Tu m'expliqueras tout quand tu auras complètement fini.

Georges se mit à rire.

— L'histoire et toi, ça fait deux. As-tu passé une bonne journée ?

— Excellente. Après avoir déjeuné avec Corinne, j'ai pris le bateau jusque vers la plage de Kerminihy. Et il faisait si bon que je m'y suis baignée.

— Toute seule ? Tu as plongé du bateau ? Voyons, ce n'est pas prudent. Tu nages comme une sirène, mais rappelle-toi ce qui m'était arrivé.

Georges et Nathalie habitaient encore Étel. Un jour de bel été, ils avaient planté leur parasol à l'extrémité de la plage de Kerminihy, près de la silhouette massive du blockhaus posté à l'entrée de la rivière d'Étel. Malgré les nombreuses interdictions et mises en garde, Georges s'était baigné. Il avait nagé en direction d'un banc de sable à une trentaine de mètres du bord de la plage. Malgré le calme de l'océan, il avait dû lutter contre un puissant courant. L'angoisse l'avait saisi si fort que parvenu au banc de sable, pris de nausées, il avait vomi. Il était revenu sans encombre sur la plage, mais s'était bien promis de ne plus recommencer l'expérience.

— D'accord, le coupa Nathalie. La prochaine fois, je prendrai une bouée. Tu vois le tableau d'ici : moi à poil, avec une bouée autour de la taille.

— Une bouée à tête de canard, ce sera encore mieux. Mais là, je veux une photo.

Nathalie se mit à rire.

— Sur ce, je vais prendre une douche. A-t-on reçu du courrier aujourd'hui ?

— Juste une lettre pour toi. Il n'y a pas de timbre. Sans doute de la pub locale. Elle a dû être déposée cet après-midi. Tu la trouveras sur la table de la cuisine.

*

Corinne Garec referma la porte de La Brigantine. La journée s'était révélée fructueuse, grâce notamment à Soizic Morel, venue faire ses emplettes estivales. Comme d'habitude, maître Doucy ouvrait large les cordons de sa bourse, et la jeunette y avait été de bon cœur.

Corinne ne put s'empêcher de grimacer en évoquant la silhouette anguleuse du notaire. En voilà un qu'elle exécrait. Ce type possédait un côté reptile qui lui répugnait. C'est avec lui qu'elle avait traité lors de l'achat du pas-de-porte qui deviendrait La Brigantine. Même si cette fois-là, Doucy s'était montré irréprochable et d'une extrême courtoisie, Corinne s'était tenue sur ses gardes.

Ce que venait de lui conter la petite Soizic l'avait profondément meurtrie. Corinne essaya vainement de chasser le notaire de ses pensées, mais c'était peine perdue. Hâtant le pas, elle se dirigea vers son Citroën Berlingo.

*

Nathalie, douchée et rhabillée, était sur le point de préparer le repas du soir lorsqu'elle aperçut la lettre sur la table de la cuisine. Elle considéra l'enveloppe blanche sur laquelle ne figurait que son nom en capitales d'imprimerie. De quoi pouvait-il s'agir ? Nathalie ouvrit l'enveloppe à l'aide d'un couteau de cuisine. Elle ne contenait qu'un seul feuillet imprimé en traitement de texte. À mesure qu'elle en prenait connaissance, la stupéfaction, puis l'épouvante s'emparèrent d'elle.

— Que t'arrive-t-il ? Quelque chose qui cloche ?

À son habitude, Georges avait déplacé son fauteuil sans faire de bruit et faisait inopinément irruption dans la cuisine.

Nerveusement, Nathalie froissa la feuille qu'elle tenait à la main et la jeta dans le sac-poubelle.

— C'est sans intérêt. De la réclame locale.

— Tu es toute pâle. Tu ne te sens pas bien ?

— Mais si, je t'assure que ça va, s'entendit répondre Nathalie d'une voix précipitée. Tout va bien. J'ai peut-être une drôle de réaction à cause de mon bain. L'eau n'est pas encore très chaude à cette époque. Laisse-moi, Georges, je t'en prie. Je vais faire à manger.

Nathalie attendit que Georges eût rejoint le salon. Elle referma la porte, retira la lettre chiffonnée du sac à ordures et la relut :

Chère Nathalie,

Il serait, je crois, fort désagréable à votre pauvre infirme de mari d'apprendre que sa chère petite femme s'envoie en l'air chaque lundi après-midi au Cormoran. Je souhaite vivement lui éviter cette contrariété. Le prix de ma discrétion est modeste : 15 000 euros. Un seul paiement et vous n'entendrez plus jamais parler de moi. Vous déposerez les espèces dans une sacoche, derrière le calvaire de la chapelle de Kermaria dans les bois de Kerabus, près de Plouhinec. Voici comment vous y rendre : cinq cents mètres après la sortie de Plouhinec en direction de Pont-Lorois, vous prendrez à droite vers Le Magouër. Environ quatre kilomètres après le club privé L'Oiseau noir, vous trouverez un petit chemin sur votre gauche avec l'indication « Chapelle de Kermaria ». Encore trois cents mètres et vous serez à la chapelle et au calvaire. La somme doit être remise le prochain jeudi, à minuit. N'est-ce pas une heure convenable pour ce genre de transaction ? Sincèrement vôtre.

Nathalie, effondrée, s'appuya contre la table. Encore heureux que, par tacite convention, Georges et elle n'ouvrent jamais leur courrier respectif. Qui pouvait être si bien renseigné, oser écrire cet infâme torchon ? Seule Corinne était au courant de sa liaison avec Julien. Elle pensa aussitôt aux patrons de l'hôtel. Mais quel intérêt pour eux, si ce n'est, bien sûr, l'argent ? En avaient-ils besoin à ce point ? Leur affaire semblait bien marcher. Nathalie écarta cette hypothèse. Malgré toutes leurs précautions, Julien et elle avaient été repérés. Quelqu'un les aurait surpris entrant dans l'hôtel et décidé de tirer bassement profit de l'aubaine. Peut-être, sans s'en douter, étaient-ils espionnés depuis longtemps. Toute la prudence du monde ne portait jamais garantie d'un total incognito. Une chose était sûre, elle allait devoir payer. Si Georges apprenait sa liaison, le coup serait terrible ; non, elle ne permettrait pas que cela arrivât. Georges avait souscrit une assurance-vie à son nom, il y avait une dizaine d'années de cela. Elle disposait d'un capital de près de 140 000 euros, donc de quoi faire face. Nathalie se mordit le poing. Et après ? Ne dit-on pas que les maîtres chanteurs ne laissent aucun répit à leur proie ? En cédant à la menace, elle s'enfermait peut-être dans un engrenage infernal. Pourtant, elle ne voyait pas d'autre issue que le versement des 15 000 euros. Le salaud voulait être payé sous quarante-huit heures. Elle n'avait guère de temps devant elle. Tout d'abord, contacter Julien, le voir sans tarder. Elle se débrouillerait pour l'appeler après le repas.

À la pensée du dîner qui l'attendait face à Georges, Nathalie se sentit soudain désemparée. Comment éviter de trahir l'angoisse qui la tenaillait ? Elle imaginait déjà le regard insistant de Georges posé sur elle, ses interrogations muettes. Il lui fallait absolument se reprendre, faire bonne figure, ne rien laisser deviner de son désarroi. Elle remisa la lettre dans la poche arrière de son jean, et, se munissant de tout le courage dont elle était capable, entreprit de préparer le dîner.

*

Une heure plus tard, s'étant assurée que Georges était occupé dans son bureau, Nathalie sortit et composa le numéro de Julien. Celui-ci répondit dès la seconde sonnerie. Nathalie se lança d'emblée :

— Julien, quelque chose de très grave vient de se produire. Il faut que je te voie demain matin. Je n'ai pas le temps de t'expliquer de quoi il s'agit au téléphone. J'ai trop peur que Georges ne m'entende.

— Oui, oui, bien sûr. Sois prudente. Je suis en rendez-vous toute la matinée de demain. Peux-tu passer à mon bureau sur le coup de midi ? À ce moment-là, je serai seul, la secrétaire sera partie.

— D'accord, à midi sans faute. À demain, Julien. Je t'aime.

— Tu m'inquiètes, Nat. C'est au sujet de Georges ? Et toi, tu vas bien ? Dis-moi…

Mais déjà Nathalie avait raccroché. Elle jeta un coup d'œil tout autour du jardin. Elle était seule. Elle rentra et fut rassurée en percevant, venant du bureau de Georges, le cliquetis du clavier de son ordinateur.

4

Mercredi 6 juin. Maison des Bramant, à Gâvres.

Nathalie se réveilla en sursaut. Le radio-réveil indiquait neuf heures trente. Elle se tourna sur le côté. Georges avait quitté le lit sans qu'elle en prît conscience. La nuit avait été atroce. Le même cauchemar venait sans cesse interrompre le sommeil qu'elle avait tant de peine à trouver. Elle recevait une lettre lui demandant de se rendre au bout de son jardin, au bord de la route. Là, elle découvrait son jeune chien allongé sur le bas-côté, la gorge ensanglantée. Près de l'animal se tenait un personnage qu'elle ne reconnaissait pas et qui lui souriait. Elle se réveillait alors, couverte de sueur, le cœur battant à se rompre. Deux comprimés de Lexomil avaient réussi à la plonger au petit matin dans un trou noir qui, pour un bref moment, avait enseveli ses terreurs nocturnes.

Nathalie se leva, enfila son peignoir, gagna la salle de bains. La glace lui renvoya l'image d'un visage qui portait les stigmates de son insomnie : son hâle délicat s'était effacé pour laisser place à un teint livide, et elle ressentait une vague nausée. Elle se glissa dans la baignoire, fit couler le jet de la douche sur son corps, se savonna longuement, puis fit à nouveau ruisseler l'eau sur sa peau.

Quand elle se rendit au jardin, il faisait déjà chaud et la journée s'annonçait aussi belle que les précédentes. Nathalie trouva Georges en train de parcourir *Ouest-France* à l'ombre du cerisier. Il l'accueillit en souriant.

— Ah ! Voilà la marmotte. Tu es plus matinale d'habitude ! J'ai réussi à me lever sans te réveiller, ce qui, compte tenu de ma situation, conviens-en, est un petit exploit. Je progresse, je progresse… Mais dis donc, tu m'as paru bien agitée toute cette nuit…

— Oh, des cauchemars, ça m'arrive de temps en temps, comme à tout le monde.

— De drôles de cauchemars, oui. Tu invectivais je ne sais qui avec des mots incompréhensibles.

Il regarda attentivement sa femme.

— Tu as mauvaise mine. As-tu pris ton petit-déjeuner ?

— Oui, mentit Nathalie.

Incapable d'avaler quoi que ce soit, elle s'était contentée d'une tasse de café noir et de deux cachets d'aspirine pour prévenir le sournois mal de crâne qu'elle sentait venir.

Georges, selon son habitude, se retira bientôt dans son bureau. Nathalie se rendit dans le petit réduit qui lui servait d'atelier pour travailler à la décoration de galets. Mais elle ne disposait pas de la sérénité nécessaire et abandonna très vite cette tâche. Pour s'occuper l'esprit coûte que coûte pendant cette interminable matinée, elle réussit à s'activer dans l'arrachage des monceaux de lierre qui recouvraient le mur au fond de leur jardin. Cependant, elle ne pouvait se soustraire à la question qui l'obsédait, entêtant leitmotiv qui l'avait torturée pendant chaque heure de cette nuit éprouvante : qui était l'auteur de cette lettre ? Elle ne se connaissait aucun ennemi, personne dans son entourage ne pouvait se montrer assez vil pour la faire chanter. Songer qu'un inconnu l'avait suivie et épiée à son insu lui paraissait monstrueux. Cette intrusion dans son intimité la meurtrissait, la blessait au plus profond d'elle-même.

Enfin, à onze heures trente, elle avertit Georges qu'elle se rendait à Étel.

— Je vais à Rosavel, nous devons mettre au point notre expo pour début juillet. Je t'ai prévu un petit repas froid, car je resterai déjeuner sur place.

— Vous aurez Alain Perrec avec vous ?

Perrec était un aquarelliste du centre Bretagne dont la notoriété croissait doucement, mais sûrement.

— Oui, il nous a promis d'être des nôtres. C'est sympa de sa part.

— Je profite de l'occasion. Je t'accompagne. J'ai un client à rencontrer.

Nathalie se mordit les lèvres. C'était la dernière chose qu'elle souhaitait. Pas question que Georges vienne se fourrer dans ses pattes.

— Écoute, Georges, euh… J'ai besoin d'être seule pour ce que je dois faire, fit-elle, prenant un ton détaché.

— Mais je ne te dérangerai pas. Nous irons chacun de notre côté.

— Hum… Écoute… Je ne voulais pas te le dire, mais, en plus de ma réunion à Rosavel, je voulais te faire une surprise pour ton anniversaire. Et j'en ai peut-être pour un bon moment. C'est pourquoi je préfère que tu ne viennes pas.

Georges leva les mains en signe de reddition.

— D'accord, madame la cachottière. Faites comme bon vous semble. Partez seule, moi, je prendrai la Mercedes.

Nathalie s'approcha de son mari, l'embrassa sur la joue.

— Tu es un amour, Georges. À ce soir.

— C'est cela, à ce soir, ma chérie.

*

À midi juste, Nathalie entrait dans les locaux de Ria Immo, à Belz.

Elle pouvait compter sur les doigts d'une seule main le nombre de visites qu'elle avait rendues à Julien à son bureau. Pour ne pas laisser prise aux ragots, ils évitaient de se rencontrer à Belz, surtout à son agence qui abritait également son appartement au premier étage. Il était seul, comme il le lui avait indiqué la veille au soir. Nathalie se précipita aussitôt dans ses bras.

— Qu'y a-t-il, Nat ? Voyons, qu'est-ce qui se passe ? Je suis fou d'inquiétude.

Nathalie passa la main dans les cheveux blonds de Julien, lui caressa la joue. Puis elle retira de son sac une enveloppe.

— Regarde cette ordure.

Julien défit prestement l'enveloppe et, les sourcils froncés, prit connaissance de la lettre.

— Qu'est-ce que c'est que cette plaisanterie? dit-il enfin. Nathalie réagit avec violence.

— Parce que tu appelles ça une plaisanterie? Cette horreur, une plaisanterie? Si c'est ainsi que tu vois les choses…

— Nat, ma petite Nat, je t'en prie, calme-toi. Je comprends que ça te mette dans tous tes états, mais ça ne sert à rien de s'énerver.

— Mets-toi à ma place!

— Mais j'y suis, à ta place, ou plutôt à côté de toi, tout à côté de toi, mon amour.

Il la prit à nouveau dans ses bras.

— Je dis plaisanterie, parce que tout ça me semble trop gros pour être vrai. Qui pourrait sérieusement t'en vouloir à ce point?

— Qui? C'est la question que je me suis posée toute la nuit. Mais je ne crois pas une seule seconde à une plaisanterie. Justement, pour reprendre ton propos, c'est trop gros pour être une plaisanterie.

— Et alors? Que veux-tu faire?

— Il n'y a pas mille solutions. Payer.

Julien recula, tenant Nathalie à bout de bras.

— Mais tu es folle! Si tu cèdes une fois, ça recommencera. Non, c'est la dernière chose à faire. Ce qu'il faut, c'est prévenir la police. Ils tendront un piège à ton maître chanteur. Ils le prendront sur le fait, et tu en seras débarrassée.

Nathalie secoua la tête.

— En admettant qu'ils puissent l'arrêter, qu'est-ce qui l'empêchera de renseigner Georges ? On ne va pas le tuer. En prison, il pourra écrire, ou se servir d'un intermédiaire.

— À quoi bon, puisqu'il ne touchera pas ton argent !

— Parce qu'il n'aura plus rien à perdre. Pour se venger. Non, même si c'est stupide, je préfère payer.

Julien plongea son regard dans celui de Nathalie.

— N'est-ce pas le moment de tout dire à Georges ? C'en serait fini de cette situation fausse qui, en plus, ne te convient pas du tout.

— Non, pas question. Je ne peux pas lui faire ça. Pas maintenant. Il se remet à peine de sa dépression. C'est un coup à le faire replonger. Il est encore fragile, je le sens bien. Et pense à Sophie. C'est une ado sensible comme on peut l'être à quinze ans. Si je décide de changer de vie, il me faut la préparer, lui expliquer. J'ai besoin de temps. Et puis… Je sais que c'est bassement matériel, mais je n'ai aucune situation. Il me faudrait chercher du travail. Ça ne se fera pas du jour au lendemain.

— Et alors ? Nous avons déjà évoqué le sujet. Tu travailleras avec moi à l'agence. Il y a de quoi t'occuper, ce n'est pas le boulot qui manque.

— Je ne peux pas laisser tomber Georges.

— Dis plutôt que tu ne veux pas, soupira Julien. Donc, tu vas payer. Eh bien, je trouve ça parfaitement ridicule, mais puisque c'est ton idée et que tu n'as visiblement pas l'intention de changer d'avis… Écoute, Nat… J'aimerais t'aider, car, finalement, je suis quand même partie prenante dans ce qui t'arrive… Mais je n'ai pas trop de réserves en ce moment…

— Non, Julien, je te remercie, mais j'ai de quoi payer ce salopard. C'est à moi qu'il a écrit. Je me débrouillerai. En revanche…

— Oui ?

— Pour remettre l'argent demain soir… Viendras-tu avec moi ? Rien qu'à l'idée d'y aller seule, je suis morte de trouille.

Julien lui prit le visage entre les mains, l'embrassa tendrement.

— Bien sûr, tu peux compter sur moi. Dans les bons et les mauvais moments, je suis avec toi.

Il l'embrassa à nouveau, frottant ses lèvres contre les siennes, sentant qu'elle tremblait tandis qu'il la serrait plus fortement. Elle rejeta la tête en arrière, s'offrant à ses caresses. Il fit glisser sa main sur ses seins pour les sentir se dresser sous ses doigts. Il la courba en arrière, jusqu'à ce qu'elle se trouve allongée sur son bureau, au milieu des dossiers épars. Il retroussa sa jupe, lui retira son slip minuscule. Elle releva les jambes et il la prit avec fureur, car il savait que c'était ce qu'elle désirait. Leur étreinte fut de courte durée. Le plaisir les atteignit ensemble dans une explosion qui les laissa haletants, assouvis, ayant, pour quelques instants, chassé les nuages qui pesaient sur leurs têtes.

*

Georges Bramant approcha son fauteuil roulant de son break Mercedes noir. Après l'avoir mis en position de blocage, il s'y appuya pour s'installer à la place du conducteur. Ensuite, il replia le fauteuil, prenant soin de poser les petites roues à l'intérieur du rebord du plancher de la voiture. Se déplaçant vers le côté passager, il abaissa le siège du conducteur et hissa son fauteuil qu'il logea à l'arrière. Puis il reprit place au volant. À force d'entraînement, l'opération lui avait demandé moins d'une minute.

Ainsi, Nathalie voulait lui faire une surprise pour son anniversaire. Délicate attention de sa chère femme. Amusé, il considéra qu'elle s'y prenait bougrement à l'avance, puisqu'elle avait encore près de six semaines devant elle. Souriant intérieurement, Georges passa la première vitesse, se dirigea vers la sortie de Gâvres, pour gagner Plouhinec, puis Étel.

5

Mercredi 6 juin, 14 h 30. Étel.

Corentin Le Pennec, responsable du Crédit Populaire de l'Ouest, tendit les mains en un geste d'apaisement.

— Comprenez-moi, madame Bramant. Si vous me demandiez d'effectuer un virement de 15 000 euros sur votre compte courant, je m'exécuterais tout de suite. Mais pour obtenir cette somme en liquide, vous devez me donner une justification écrite. Oh, inutile de m'écrire un roman, quelques lignes suffiront. Je peux vous aider à les rédiger. Vous savez, les choses ne sont pas si simples. Ça ne dépend pas de moi. Le service de répression des fraudes et le fisc nous imposent de contrôler les mouvements de fonds en espèces. Il s'agit de faire obstacle, tant que faire se peut, au blanchiment de l'argent. 15 000 euros, cela commence à représenter une petite somme, en tout cas bien supérieure au seuil que l'on nous autorise pour fournir des espèces sans justification. Je sais bien que d'autres établissements ne font pas preuve de la même rigueur, mais, pour ma part, je ne peux transgresser ces dispositions, ce serait contraire à ma déontologie.

Nathalie n'ignorait pas que des difficultés de cet ordre pouvaient exister, mais elle comptait sur les bonnes relations de Georges avec leur banquier pour parvenir à un arrangement.

— Je sais que ma requête peut vous paraître étrange, reprit-elle, contenant à grand-peine l'impatience qui la gagnait. J'ai… une urgence… Quelque chose qui n'a rien d'illégal.

Le Pennec eut un geste signifiant que, bien sûr, il ne la soupçonnait pas de quelque arnaque.

— Je ne pourrai pas vous procurer les espèces avant le début de la semaine prochaine, reprit-il. Dès lors, excusez-moi d'insister, que vous m'aurez indiqué l'utilisation que vous voulez en faire. Écoutez, donnez-moi vos raisons en une phrase, usez de termes très généraux. Cela me suffira.

— Mais c'est que… Je ne peux pas attendre la semaine prochaine… Il me faut cet argent pour demain.

— Alors, croyez bien que je le regrette, mais ce n'est pas possible. Il faut au minimum trois jours pour obtenir des liquidités. Nous sommes mercredi… Cela nous reporterait dans le meilleur des cas à samedi, jour où mon établissement est fermé.

Nathalie encaissa le coup, d'abord trop déroutée pour réagir. Puis, peu à peu, elle prit conscience de ce que signifiaient les paroles de Le Pennec.

Interloquée, le regard chargé d'incompréhension, elle considéra le petit homme bedonnant assis tout droit dans son fauteuil.

— Alors, je ne vois pas ce que je suis venue faire ici. C'est quand même un comble ! Cela fait des années que vous profitez de mon argent… Et de celui de mon mari. Bien que résidant désormais à Gâvres, nous vous avons conservé notre confiance, et pour quel résultat ? Quand on a vraiment besoin de vous, il n'y a plus personne !

— Je vous en prie, madame Bramant, je ne demande qu'à vous aider, mais il m'est tout simplement impossible de faire ce que vous me réclamez.

— Puisque c'est ainsi, il est inutile que je perde davantage mon temps.

Nathalie se leva et, sans saluer, quitta précipitamment le bureau directorial.

Perplexe, Le Pennec la regarda s'éloigner. Pourquoi la femme de Georges Bramant avait-elle besoin de 15 000 euros en espèces ? C'était plus que louche. Il se gratta le menton. Devait-il en parler à Georges ? Mais très vite, il écarta cette idée. Les histoires privées du couple Bramant ne le concernaient pas.

*

Avant de partir, Julien Daquer donna les instructions nécessaires à sa secrétaire. Il avait rendez-vous avec l'acquéreur potentiel d'une longère près du golf de Saint-Laurent, sur la route d'Auray. Les propriétaires en désiraient 310 000 euros, ce qui, bien sûr, était nettement excessif, mais il avait vu tellement d'achats irrationnels dans ce domaine que plus rien ne l'étonnait. Peut-être allait-il rencontrer un inconditionnel de ce coin du Morbihan, prêt à payer sans barguigner pour acquérir la résidence de ses rêves, ce qui lui ferait une jolie commission et donnerait un peu d'air à ses finances. Il se mit au volant de son coupé 407 et alluma une cigarette. Il pensa à Nathalie qui, à cette heure, devait être aux prises avec son banquier. Il se demanda comment elle allait se débrouiller pour obtenir les 15 000 euros. Pourvu qu'elle arrive à ses fins, car autrement... Mais il préféra ne pas y penser davantage. Il exhala un nuage de fumée. Décidément, c'était la période des ennuis. Il y était plongé jusqu'au cou. Vendredi, il devait se rendre à Lorient ; cette perspective n'avait rien de folichon, mais il n'avait plus le choix. La dernière visite qu'« ils » venaient de lui rendre avait été on ne peut plus désagréable. Impossible désormais de tergiverser.

Julien était sur le point de démarrer lorsqu'il aperçut dans le rétroviseur un break Mercedes. Il reconnut la voiture de Georges Bramant et jura intérieurement. C'était bien le moment. Que faisait-il à Belz ? Avait-il des doutes et était-il en train de le surveiller ? La tête baissée, il le laissa passer. Julien attendit encore cinq minutes, puis mit le contact et embraya, jurant à nouveau. Il ne pouvait pas perdre son temps avec les tribulations de Georges Bramant quand un client important l'attendait. Le front soucieux, il prit la route du golf de Saint-Laurent.

6

Toute à sa colère et sa déception, Nathalie décida de rejoindre La Brigantine, le magasin de Corinne. S'il y avait une personne capable de lui mettre un peu de baume au cœur, c'était bien elle, sa seule amie. Après avoir accepté une tasse de café, elle la mit au courant des derniers événements.

— Mais c'est insensé ce qui t'arrive, s'écria Corinne lorsque Nathalie en eut fini de son récit. Je tombe des nues. Qui peut être assez dégueulasse pour t'envoyer cette lettre ?

Nathalie se prit la tête entre les mains.

— Si je le savais, je te jure qu'il passerait un sale quart d'heure !

— En tout cas, Julien a raison. Si tu cèdes, cette crapule reviendra à la charge. Tu vas devenir sa pompe à fric.

Pour la énième fois, Nathalie développa ses arguments, de plus en plus consciente que l'option qu'elle choisissait relevait surtout de la fuite en avant.

Corinne l'étreignit et la laissa reposer sa tête sur son épaule.

— Et si tu montrais la lettre à Georges, en lui disant qu'il ne s'agissait que d'une tocade, d'une aventure sans lendemain ? Après tout, il ne se passe plus rien entre vous deux, et tu es encore jeune. Il pourrait comprendre.

— C'est justement parce qu'il ne se passe plus rien entre nous que je ne veux pas que Georges soit informé. Non, je suis coincée. Je dois payer, mais cet imbécile de Le Pennec refuse de me rendre mon propre fric !

Les larmes vinrent aux yeux de Nathalie. Corinne prit un mouchoir et le tendit à son amie.

— Écoute, si tu veux absolument céder aux menaces, il y a peut-être un moyen de te procurer l'argent dont tu as besoin.

Nathalie se redressa, prête à se raccrocher au moindre fragment d'espoir.

— Vraiment ? Tu aurais une solution ? Mais comment faire d'ici demain soir ?

— Écoute-moi bien. Tu vas prendre rendez-vous avec Christian Mercillac. C'est le responsable de la Morbihannaise de Crédit. Il m'a bien aidée pour le financement de mon commerce. Il sait se montrer arrangeant… surtout quand il a une jolie femme en face de lui. C'est le genre de type qui se croit irrésistible. Tu lui montres rien qu'un bout de cuisse et ça commence à lui chatouiller l'intime. Le genre macho à moustache qui porte son sexe comme un étendard. Mais s'il y en a un qui peut faire avancer ton affaire, c'est lui. Tiens, prends le téléphone et appelle-le de ma part.

*

De fait, l'entregent de Corinne se révéla efficace, et, quelques minutes plus tard, Nathalie avait obtenu un rendez-vous avec Christian Mercillac.

— Bon, voilà déjà une chose, commenta Corinne. À présent, je vais m'occuper de ton look. Il faut mettre toutes les chances de ton côté. On va faire en sorte que lorsque tu te pointeras à son bureau, Mercillac tire la langue jusque sur la moquette.

7

Mercredi 6 juin, 16 heures. Banque Morbihannaise de Crédit, à Étel.

Une brusque sensation de chaleur embrasa Christian Mercillac, et la température extérieure n'y était pour rien. La responsable de cette montée d'adrénaline était assise en face de lui, de l'autre côté de son bureau, quasiment à portée de mains. Il se reput des jambes bronzées, admirablement fuselées, qu'elle tenait croisées, dévoilant largement le galbe des cuisses. Il en aurait volontiers fait son cinq à sept. Elle devait trimbaler un mignon petit cul tout rond. Des clientes comme ça, il en voulait bien tous les jours. Mercillac lissa sa moustache de l'index.

— Madame… ou mademoiselle… s'enquit-il, arborant ce qu'il estimait être son sourire le plus enjôleur.

— Madame, précisa Nathalie.

Détaillant son vis-à-vis, elle se remémora le portrait que lui en avait fait Corinne. Décidément, celle-ci avait le trait toujours aussi juste lorsqu'il s'agissait de décrire un homme ; mais « s'il y en a un qui peut faire avancer ton affaire, c'est lui », avait-elle ajouté… Nathalie respira un grand coup et se jeta à l'eau.

— J'ai besoin d'une certaine somme en liquide. J'ai à ma disposition l'épargne suffisante, mais d'après ce que je crois savoir, c'est la remise d'espèces qui pose problème.

— De combien auriez-vous besoin ?

— 15 000 euros.

Mercillac émit un sifflement et se renversa dans son fauteuil, détaillant sans vergogne sa charmante interlocutrice. Son intuition lui soufflait qu'elle préparait quelque chose de pas catholique du tout ou bien qu'elle s'était fourrée dans de sales draps. Au choix. Mais il avait aussi la conviction que devenir le monsieur bons offices de ce joli petit lot était susceptible de lui amener en retour bien des satisfactions, s'il savait s'y prendre, bien sûr, mais de cela il ne doutait pas un instant. Il toussota et regarda Nathalie droit dans les yeux.

— Effectivement, pour ce genre de transaction il y a des formes à respecter. Mais on peut toujours étudier la question…

Il sourit à nouveau.

— Mademoiselle Garec, qui vous a conseillé de venir me voir, est une personne que j'apprécie tout particulièrement.

Nathalie se représenta Corinne et Mercillac dans le même lit.

T'as quand même pas fait ça, Corinne, pas avec ce fat! pensa-t-elle en un éclair, mais l'autre continuait.

— Donc, c'est vrai, il y a des formes, ou des normes, qui sont recommandées. Cela dit, en affaires comme en tout, il y a la lettre et il y a l'esprit. À suivre trop strictement les règles, on peut déboucher sur des situations ingérables, n'est-ce pas?

Nathalie se détendit un peu. Corinne avait raison. Ce margoulin ne devait pas partager les mêmes valeurs que Corentin Le Pennec.

— La première chose à faire, évidemment, c'est d'ouvrir un compte auprès de mon agence.

— Cela va de soi et ne me pose aucun problème, fit Nathalie.

— Bien, dans ce cas, autant s'y mettre tout de suite. Avez-vous une pièce d'identité sur vous?

Nathalie acquiesça. Tandis qu'elle se penchait pour attraper son sac, Mercillac lorgna sur son décolleté et sentit son rythme cardiaque s'accélérer. Sa visiteuse ne portait pas de soutien-gorge. Pour un peu, il aurait parié qu'elle ne portait pas de culotte non plus. Il déglutit avant de prendre un formulaire sur son bureau.

— Si vous voulez bien me donner votre nom et votre adresse.

— Nathalie Bramant, villa L'Éolienne, à Gâvres.

Mercillac, qui avait commencé à écrire, s'arrêta, stupéfait. Était-il possible que…

— Excusez-moi, pouvez-vous me répéter votre nom?

— Bramant, B-R-A-M-A-N-T, épela Nathalie, qui constatait, étonnée, le trouble soudain de Mercillac.

Pas d'erreur possible, songeait celui-ci, *le nom et l'adresse coïncident, c'est bien la femme de Georges, ici, dans mon bureau. Ça alors, qu'est-ce que ça signifie ? Ils vont en faire une tête demain soir, au club, quand je leur raconterai ça.*

Il se sentait de plus en plus intrigué et sacrément désireux d'en savoir plus sur ce que manigançait l'épouse de Georges Bramant.

— À combien se montent vos disponibilités, madame Bramant ?

— J'ai environ 140 000 euros sur un contrat d'assurance-vie, au Crédit Populaire de l'Ouest.

— Ah oui, je vois, c'est chez Le Pennec, ça. Alors, voici ce que je vous propose : vous virez le montant de votre contrat sur le compte que je viens de vous ouvrir ; et moi, je me charge de vous fournir les 15 000 euros en espèces.

Nathalie se tourna lentement sur son siège, décroisa, puis recroisa les jambes, portant un regard plein de promesses sur Mercillac.

— C'est que… Je ne vous ai pas tout dit, il me faudrait la somme pour demain sans faute.

Mercillac réfléchit rapidement. Il risquait évidemment de s'attirer de nouveaux ennuis avec sa direction, mais le jeu en valait la chandelle. Pour avoir cette fille, il était prêt à tenter le diable. Il pouvait se déplacer en personne au siège à Lorient. Il faudrait qu'il traite avec Lambert et non avec cette petite conne de mère Pinsard qui avait déclenché cet audit sur sa gestion, l'an dernier. Si on exigeait des justifications, il avancerait que sa cliente mettait 140 000 euros au pot, piqués au Crédit Populaire de surcroît, et que ça valait bien la peine de faire un geste en retour… Il se porterait garant de la parfaite honorabilité de sa cliente… Oui, ça devait être jouable… Avec Lambert, ça pourrait passer.

— Madame Bramant, c'est un bien grand service que vous sollicitez. Cependant, tenant compte des excellentes relations que nous pouvons, ou que nous allons, j'en suis certain, nouer, je pense être en mesure de vous remettre vos 15 000 euros demain, en fin de journée.

Nathalie s'efforça au calme. Inutile de lui montrer à quel point elle se sentait soulagée.

— Je vous remercie infiniment, monsieur Mercillac.

— Mon prénom est Christian… Et mes amis m'appellent Chris.

Nathalie faillit éclater de rire malgré la gravité de sa situation. Quel poseur ! Dans son genre, il était vraiment impressionnant.

— Merci, Chris, fit-elle en se levant.

Mercillac la suivit jusqu'à la porte de son bureau, admirant sa chute de reins. Vraiment, elle devait avoir des fesses superbes, il en salivait d'avance.

— Nathalie, puisque vous voici cliente ou, plutôt, partenaire de la Morbihannaise de Crédit, il serait bon que je vous explique comment dynamiser votre épargne. Je vous invite la semaine prochaine à déjeuner, nous en discuterons ainsi plus à l'aise. Quel jour vous conviendrait ?

Nathalie, prise de court, n'osa éluder la proposition… Du moins tant qu'elle ne disposait pas des 15 000 euros.

— Pourquoi pas mardi prochain, répondit-elle sans plus réfléchir. Mercillac lui prit les deux mains.

— Très bien. À demain donc, et aussi à… mardi prochain.

Il se pencha comme pour lui voler un baiser, mais Nathalie s'esquiva adroitement.

— À demain, Chris, fit-elle en souriant.

Puis elle sortit, faisant profiter Christian Mercillac d'un prometteur balancement du bassin.

*

Nathalie rentrait chez elle. Sous la chaleur pesante, les nuages s'accumulaient. La Petite Mer avait pris une couleur gris acier. Un groupe de bernaches, comme figées par l'atmosphère oppressante, se tenaient immobiles sur l'eau. La veille, à peu près à la même heure, elle rentrait aussi chez elle, détendue après sa promenade en mer, à des lieux de se douter de ce qui l'attendait. Sa vie, malgré toutes les inquiétudes qu'impliquait son adultère, était un havre de paix jusqu'à ce qu'elle reçoive cette maudite lettre. Lucidement, elle admettait avoir réagi avec bien trop d'émotivité. La peur de perdre Julien avait été son unique ressort, lui avait fait abandonner tout sens commun. Elle s'en voulait de sa faiblesse, de céder piteusement au chantage. Elle ironisa sur elle-même. 15 000 euros : c'était donc là le prix de son amour ?

La petite Cooper dépassa l'ancienne ferme où des ouvriers s'affairaient à la restauration de la grange et du penty d'habitation. Peu après, elle se garait dans la cour de sa maison, faisant crisser les graviers. La Mercedes était absente. Georges n'était pas rentré.

8

Jeudi 7 juin, 13 heures. Le Cormoran, presqu'île de Locoal.

André Mangin essuya d'un revers de manche la sueur qui ourlait son front. La chaleur devenait suffocante et les nuages qui plombaient un ciel chargé d'électricité annonçaient un orage. Dans la cuisine du Cormoran, Patrick, le cuisinier, s'affairait à la préparation des repas.

— Patrick, pour faire ton beurre de crustacés, prends donc le montmorency comme cognac.

Mangin désigna une bouteille au milieu de l'étagère.

— J'ai un couple qui déjeune au champagne, j'ai envie qu'on le soigne aux petits oignons.

— Pas de problème, patron. Ils se souviendront de leur homard, croyez-moi, répondit Patrick en clignant de l'œil.

Mangin acquiesça. Il avait pleine confiance dans le savoir-faire de Patrick. Il l'avait débauché des cuisines d'un restaurant parisien réputé, place Blanche, lorsqu'il avait quitté la capitale pour se retirer dans ce coin de Bretagne.

Pendant une vingtaine d'années, André, « Dédé », Mangin avait exercé ses talents entre Clichy et Barbès, où il faisait travailler une dizaine de filles, secondé par Lisette, irréprochable dans son rôle de sous-maîtresse. L'âge venant, la fatigue et une certaine usure avaient gagné Dédé qui éprouva le besoin de changer d'air. Il céda son fonds à un Toulonnais qui venait de monter sur Paris, et prit avec Lisette la direction de la Bretagne, terre natale de sa compagne. Tous deux tombèrent sous le charme des bords de la rivière d'Étel et, au bout de quelques semaines de prospection, ils repérèrent au fin fond de la presqu'île de Locoal, juste après La Forest, un petit hôtel-restaurant à vendre, Le Cormoran, qui disposait d'une belle salle à manger à l'ancienne et, à l'étage, de cinq chambres spacieuses. Mais surtout, ce qui séduisit le couple soucieux de sa tranquillité, ce fut la situation de l'établissement, complètement isolé à l'extrémité de la presqu'île de Locoal. Avec le produit de la vente de son « commerce » parisien, Dédé le racheta. Le brio de Patrick en cuisine fit merveille. Affichant mets fins et prix élevés, Le Cormoran devint le lieu de sortie de la bourgeoisie des environs et des couples qui désiraient disposer d'un endroit discret pour se retrouver. Avec son hôtel-restaurant, Dédé s'était constitué la façade de respectabilité à laquelle il aspirait désormais.

Ce midi, la salle à manger était occupée par deux couples, des habitués. En revanche, ce soir, comme tous les premiers jeudis du mois, la maison serait officiellement fermée et Patrick mis en congé. La soirée et la nuit étaient réservées au club, et Dédé demeurait seul avec Lisette pour officier. Il y avait un peu plus de deux ans que le club s'était constitué, à l'instigation de l'Anglais. Au début, Allison et ses amis étaient accompagnés de leurs maîtresses ou petites amies du moment. Les penchants des uns et des autres avaient rapidement orienté le club vers l'échangisme, puis la franche partouze, ce qui ne fut pas du goût de certaines de leurs accompagnatrices. Au cours d'une soirée particulièrement arrosée, il y avait eu un sacré clash avec une des participantes ; pas mal d'argent fut nécessaire pour éviter, de justesse, le scandale. Ce soir-là, Dédé s'en souvenait tout particulièrement, fut un vrai soir de poisse, puisqu'un des convives avait été victime d'un terrible accident de voiture, après avoir quitté Le Cormoran, ivre mort.

Depuis, le club faisait appel à des professionnelles, plus aptes à satisfaire les exigences de ses membres. Dédé avait tout naturellement remis le pied à l'étrier, se chargeant de fournir à ses clients le personnel nécessaire. Au volant de son monospace Ford, il partait le jeudi à Lorient, où il avait ses relations, pour se réapprovisionner en filles. Le vendredi matin, faisant le trajet en sens inverse, il les ramenait à leurs propriétaires. À présent, sous la houlette de Peter Allison, la conscience du groupe, le club comptait quatre membres.

Mangin grimaça en pensant à Peter Allison. Des pervers, lui et Lisette en avaient déjà côtoyé un certain nombre dans leur vie, mais l'Anglais, à lui seul, représentait une classe à part. Bien des filles refusaient catégoriquement d'y revenir après avoir passé la nuit en sa compagnie, quel que fût le prix du dédommagement. Allison l'inquiétait sérieusement, et Mangin craignait qu'un jour ou l'autre quelque chose d'irréparable ne se produise. Malgré tout, pesant le pour et le contre, et sachant que les soirées organisées par l'Anglais représentaient une belle part de son chiffre d'affaires, Mangin estimait que cela valait la peine d'encourir quelques risques.

Dédé apporta une nouvelle bouteille de champagne dans la salle à manger et, une fois de plus, apprécia le savoir-faire de Lisette qui remplissait avec tact et prévenance son rôle d'hôtesse. Une perle, cette Lisette. Autrefois, dans leur existence antérieure, elle était Olga, « Olga la Rouquine », prénom qu'elle avait transformé en Lisette lors de leur retraite bretonne, jugeant celui-ci candide et plein de fraîcheur. Entre autres qualités, Lisette possédait celle de s'adapter à toutes les situations et à tous les convives, qu'il s'agisse de vacanciers, de cadres en repas d'affaires, ou d'un couple d'amoureux qui prolongerait son repas d'un séjour dans une chambre à l'étage. Elle mettait tout le monde dans sa poche. Et avec ça, un corps superbe, à presque cinquante ans. Non, décidément, il ne pouvait rêver meilleure associée.

Mangin revint prêter main-forte à Patrick, jetant au passage un coup d'œil vers le ciel de plus en plus obscur. Il songea que l'orage le surprendrait peut-être sur la route de Lorient, quand il partirait tout à l'heure chercher son stock de chair fraîche à l'intention de ces messieurs du club. Il poussa un gros soupir : il n'aimait pas conduire sous la pluie.

*

17 h 30 à Étel.

Christian Mercillac disposa soigneusement les liasses sur le dessus de son bureau.

— Trois cents coupures de 50 euros, soit 15 000 euros, le compte y est. Voulez-vous me signer ce reçu ?

Nathalie apposa son paraphe au bas du bordereau, puis se saisit des billets qu'elle glissa au fond de la sacoche de cuir dont elle s'était munie.

— Il ne me reste qu'à vous remercier, fit-elle à l'adresse de Mercillac qui l'avait regardée œuvrer, pensif, sans mot dire.

— Ne me remerciez pas ! s'écria-t-il. Je suis heureux d'avoir pu vous obliger pour… des travaux que vous allez régler de la main à la main, je suppose ? Oh, excusez-moi, oubliez ce que je viens de dire, cela ne me regarde pas, ajouta-t-il précipitamment.

— Quelque chose comme ça, oui, répondit Nathalie en se levant, soucieuse d'échapper aux questions et aux inévitables avances de Mercillac.

Mais celui-ci s'était dressé à son tour, et s'intercalait entre la porte et Nathalie.

— Madame Bramant… Nathalie… Au sujet de notre rendez-vous de mardi prochain, comment puis-je vous contacter ?

Nathalie réfléchit rapidement. Elle n'avait aucune envie que Mercillac l'appelle chez elle. Elle décida, quoi qu'il lui en coûtât, de lui donner son numéro de portable.

Mercillac le nota dans un petit carnet, lui sourit.

— J'aimerais que vous prévoyiez de m'accorder un peu de temps après le repas.

— Pourquoi pas ? Cela me paraît assez naturel. Maintenant, Chris, je vous prie de m'excuser, mais je dois partir sans tarder, fit Nathalie d'un ton léger.

Il lui tendit la main. Nathalie dut le frôler pour sortir, se raidissant tant elle percevait d'instinct l'intensité de la pulsion qu'il maîtrisait difficilement.

Mercillac la regarda s'éloigner, triturant sa moustache. Il aurait bien aimé savoir ce qu'elle comptait faire de cet argent. Il était certain que Georges, son mari, n'était au courant de rien. Bah, ce n'était qu'une question de temps. Mardi ! Elle serait à lui, et finirait bien par lui raconter son histoire.

*

19 heures.

Voilà, c'était fait. Alors qu'au volant de son coupé 407 il rentrait à son domicile, Nathalie l'avait averti qu'elle détenait les 15 000 euros. Julien Daquer se sentait les nerfs à vif et la touffeur de l'atmosphère n'arrangeait rien. Encore une journée blanche question affaires ; comme la veille, où les acheteurs potentiels de la longère sur lesquels il avait malgré tout fondé un petit espoir avaient renâclé sur le prix demandé. Ils rappelleraient « plus tard », et Julien savait d'avance que ce plus tard était synonyme de jamais. Mais surtout, il appréhendait la soirée et ce qui allait advenir. Nathalie lui avait donné rendez-vous à vingt-trois heures trente à la sortie de Plouhinec. Cette expédition nocturne ne lui disait rien qui vaille. Il aurait voulu revenir en arrière, arrêter cette folie, mais il savait qu'il n'y pouvait plus rien. Il se maudit de sa faiblesse, se lamenta sur son manque de caractère qui le conduisait à ces impasses. Maintenant, il avait peur, terriblement peur de ne pouvoir faire face. Il entendit, provenant de son autoradio, la voix d'Eddy Mitchell qui chantait Je ne sais faire que l'amour. Il sourit, d'un sourire sans joie. C'était un signe du destin cette chanson, elle lui collait comme un gant : « *Je ne sais faire que l'amour,* (Jouer), *boire, me coucher au petit jour. Je ne connais qu'une chose. Je ne sais rien faire d'autre. Je ne sais faire que l'amour pour l'amour.* » Toute l'histoire de sa vie, en somme.

*

21 heures.

Georges était seul à L'Éolienne. Nathalie l'avait prévenu qu'elle allait au cinéma à Auray avec Corinne et qu'il ne devait pas l'attendre pour se coucher, car elles iraient sans doute prendre un pot après la séance. Corinne, toujours Corinne, l'inévitable Corinne… Son regard se posa sur le portrait de son amie que Nathalie avait réalisé il y avait peu. Dans un visage à l'ovale parfait, la timidité du sourire se corrigeait par la volonté que l'on sentait dans le regard. Indiscutablement, Nathalie avait mis le meilleur d'elle-même dans cette toile. Georges roula vers le bar à panneau rabattable et se servit un verre de vieux calva. Comme tous les mois à la même date, il ressentait ce pincement au cœur. Il ne fallait pas songer à oublier. Le temps ne gommerait rien, de même qu'il devrait vivre avec son handicap. Les idées noires revenaient, sournoises comme un feu qui couve, pour le consumer. Exaspéré, il serra les poings. Ce soir, il serait seul pour les affronter, mais cela lui était égal. Il préférait cette morne solitude à la gentillesse affectée que lui témoignait sa femme, et pire que tout, à cette pitié qu'elle lui prodiguait avec condescendance. Il porta le verre à ses lèvres. Quelle dérision ! Chercher du réconfort dans ce qui avait été la cause du désastre de sa vie. Rageusement, il envoya le verre se fracasser contre le manteau de la cheminée.

9

Nuit du 7 au 8 juin. 23 heures, au Cormoran.

Le premier coup de tonnerre éclata alors que les eaux trop longtemps contenues tombaient du ciel avec fracas. L'explosion de la pluie sur la toiture fut telle qu'elle interrompit pour un instant les conversations. Dans le petit salon spécialement aménagé par Dédé Mangin à leur intention, les quatre convives achevaient leur repas. Comme d'habitude, les fruits de mer s'étaient révélés de premier choix, et les vins irréprochables. Peter Allison glissait une main paresseuse sous la jupe de Lisette, occupée à desservir. Loïc Guermeur, la bedaine largement débraillée, déjà plus qu'à moitié ivre, avait entrepris de raconter une histoire salace qu'il ne parvenait pas à mener à son terme. Richard Doucy, au contraire, grâce soit rendue à la poudre magique inhalée en début de soirée, se sentait en pleine forme, quasiment invulnérable, ses terreurs enfouies pour quelques heures dans un tiroir secret de son subconscient.

— Une nuit comme je les aime, fit Peter Allison. Les éléments se mettent au diapason de mon humeur.

Lisette émit un petit cri, s'écarta brusquement de l'Anglais. Celui-ci venait d'enfoncer ses ongles dans sa chair, tout en haut de sa jambe. Face à son regard méprisant, Allison afficha un sourire amusé, puis, sans la quitter des yeux, fit aller et venir son majeur dans sa bouche.

— Les choses ne sont jamais simples avec vous, Peter, fit Christian Mercillac. Au moins sommes-nous sûrs de ne jamais nous ennuyer en votre compagnie.

— N'est-ce pas un fameux écrivain de chez vous, Louis-Ferdinand Céline, qui a écrit : « Je ne me réjouis que dans le grotesque aux confins de la mort » ? rétorqua l'Anglais. Cela pourrait être ma devise, en effet.

— Libre à vous d'aller jusque-là, fit le gros Guermeur la bouche pâteuse. Moi, je tiens encore à la vie.

— J'ai dit aux confins de la mort, aux confins seulement, Loïc, reprit Allison.

Mercillac reposa le verre vide qu'il tenait à la main. Il trouvait le moment opportun pour leur faire part de la curieuse visite qu'il avait reçue. Il s'éclaircit la gorge, savourant à l'avance son petit effet.

— Messieurs, j'ai quelque chose d'intéressant à vous apprendre. Vous ne devinerez jamais qui était dans mon bureau, il y a quelques heures à peine. Je vous le donne en mille.

Trois visages obliquèrent vers Mercillac.

— Homme ? Femme ? questionna Doucy, le regard brillant.

— Femme.

— Belle ?

— Superbe.

— Nous la connaissons ?

— Indirectement.

— Oh, écoutez, Chris, intervint Peter Allison de son habituelle voix traînante, je n'ai pas envie de jouer aux devinettes. Il y a, au premier étage, de charmantes personnes qui nous attendent impatiemment. Accouchez, car nous donnons notre langue à leurs chattes.

L'Anglais se détendit et enfonça un doigt dans la panse graisseuse de Guermeur.

— Notre langue à leurs chattes. Elle est pas mal, celle-là, Loïc, non ?

Mercillac croisa le regard de Peter Allison. Il espérait bien lui faire perdre son flegme légendaire.

— Nathalie Bramant, la femme de Georges, énonça-t-il.

Mercillac fut déçu, car Allison, s'il en éprouva un quelconque émoi, resta de marbre. En revanche, Doucy et Guermeur réagirent promptement.

— Pour une surprise, c'en est une ! s'écria Doucy. Et que diable te voulait-elle ?

— De l'argent. Elle a ouvert un compte chez moi sur lequel elle a immédiatement effectué un dépôt de 140 000 euros. Dans la foulée, elle m'a demandé d'en soustraire 15 000 en liquide à son intention.

— 15 000 euros en liquide ! Merde ! Et pour quoi donc foutre ? fit Guermeur subitement réveillé.

— Ah, ça, elle ne me l'a pas dit. Mais mardi prochain, je l'aurai dans mon lit, et soyez sûrs que je saurai le fin mot de l'histoire.

— L'un d'entre vous a-t-il revu Georges depuis son accident ? interrogea Allison.

Il n'obtint en guise de réponse qu'un triple signe de dénégation. Doucy reprit :

— Chris, je ne vois pas en quoi la venue de l'épouse de Bramant à ton agence pourrait nous préoccuper.

— Je ne vois pas non plus, fit Allison, sinon que tout ce qui concerne Georges Bramant peut également nous concerner… de près ou de loin. Mais je ne pense pas que nous ayons grand-chose à craindre. Il y a presque deux ans que tout ça est arrivé. Georges se serait manifesté plus tôt s'il avait eu envie de le faire. Cependant, je suis d'accord avec Chris, il peut être intéressant de savoir de quoi il retourne.

Le silence s'installa, chacun considérant la nouvelle apportée par Mercillac. Ils conservaient de Georges le souvenir d'un homme discret qui n'avait évoqué sa femme qu'à une ou deux reprises. C'était encore l'époque où ils amenaient leurs petites amies au club, jusqu'au moment où il y avait eu ce dérapage…

La pause fut rompue par l'arrivée de Lisette qui présentait le dessert. Allison, plus maître de cérémonie que jamais, frappa dans ses mains.

— Eh bien, Chris, nous te souhaitons de passer un bon après-midi, mardi prochain. Pour l'heure, messieurs, il est temps de passer aux choses sérieuses. Pour débuter gaiement cette nuit, je propose que nous dégustions cette crème onctueuse…

Allison, ménageant ses effets, laissa soigneusement passer un instant, puis reprit :

— … À même le corps de cette jeune Eurasienne que Dédé, entre autres beautés, nous a réservée. Qu'en dites-vous ?

Sur un signe d'Allison, Mangin s'en alla chercher le complément de dessert de ces messieurs. Il redescendit bientôt en compagnie d'une nymphette nue, une Asiate au corps à peine formé. On avait assuré à Mangin que la fille était majeure, mais il n'en était pas totalement convaincu. Qu'importe, il était un peu tard pour ce genre de scrupules. Il s'éclipsa, tandis qu'Allison, prenant la fille dans ses bras, l'allongeait avec une infinie délicatesse au beau milieu de la table.

*

Mangin retrouva Lisette à la cuisine. Les yeux dans le vague, elle avait allumé une cigarette blonde dont elle tirait de courtes bouffées en regardant la pluie qui tombait à seaux.

— À quoi penses-tu ? la questionna-t-il.

— À rien.

Elle mentait. Lisette pensait à l'appel qu'elle avait reçu l'après-midi. Elle se demandait si elle avait eu raison d'accepter de faire ce qu'on lui avait demandé. Elle n'était pas certaine que ce fût sans conséquence.

Mangin posa la main sur l'épaule de sa compagne.

— Je n'ai plus besoin de toi, Lisette, tu peux aller te coucher. (Il fit un geste vers les étages.) Moi, j'accompagne nos clients.

*

23 h 50

Quelques minutes plus tôt, Nathalie, comme prévu, avait retrouvé Julien à la sortie de Plouhinec. Elle avait pris place dans la voiture de son amant, la sacoche bourrée de billets calée sur les genoux, et, à présent, ils se dirigeaient vers la chapelle de Kermaria par une petite route zigzagante à travers les bois de Kerabus. Le va-et-vient des essuie-glaces permettait à peine, pendant de brefs intervalles, d'obtenir une visibilité minimale, aussi Julien roulait-il quasiment au pas. En rafales, des éclairs illuminaient la végétation de flashs luminescents dans un craquement de tonnerre qui donnait l'impression que la nature se déchirait, puis, à nouveau, l'obscurité ceignait toutes choses jusqu'à la déflagration suivante. Trois ou quatre kilomètres après avoir dépassé le night-club L'Oiseau noir, tous feux éteints cette nuit, Nathalie poussa une exclamation. Elle venait de repérer sur leur gauche un vieux panonceau indiquant la chapelle de Kermaria. Julien bougonna. Il allait devoir risquer sa voiture dans un étroit chemin herbeux, gorgé d'eau boueuse. Il s'y engagea prudemment, et, au bout de quelques centaines de mètres d'une conduite incertaine, la forme grise de la chapelle apparut à travers le rideau de pluie. Il stoppa son véhicule.

— Le calvaire est juste derrière la chapelle, on ne peut le voir d'ici, fit Nathalie d'une voix étouffée.

— Laisse-moi ta sacoche, je vais aller la déposer.

Nathalie posa sa main sur le bras de Julien.

— Je viens avec toi. J'aurai trop peur toute seule dans la voiture.

Ils s'étreignirent, s'embrassèrent avec fougue, puis se séparèrent, reprenant leur souffle. Sans plus un mot, Julien ouvrit sa portière, et s'extirpa de la 407, imité par Nathalie. Courbés en deux, silhouettes fantomatiques, ils se hâtèrent, sous l'averse battante, vers le calvaire. La tempête frappait la forêt autour d'eux, tout un fouillis d'arbres était bousculé par le vent à la lueur des grands éclairs. Parvenus au pied du crucifix, ils constatèrent que l'endroit était totalement désert. Nathalie posa la sacoche, se redressa. Nulle âme qui vive. Où son tourmenteur pouvait-il se dissimuler ? À l'intérieur de la chapelle ? Julien lui saisit le bras et l'entraîna vers la voiture. Quelques instants plus tard, trempés comme des soupes, ils se retrouvèrent à l'abri, à l'intérieur du véhicule.

— Bon sang ! J'ai eu une de ces trouilles, lâcha Julien. Pas de rencontrer ton maître chanteur, mais que la foudre nous tombe dessus.

— Où peut-il bien être ?

— Ne t'inquiète pas pour lui. Il a dû se planquer pour guetter l'arrivée de la voiture, dans la chapelle peut-être, et maintenant il attend gentiment qu'on foute le camp. Et nous ?

— Partons, j'ai fait ce que j'avais à faire. Filons vite.

Julien mit sa main sur la joue de Nathalie, la caressa lentement.

— Et si on essayait de le surprendre ? Qu'en penses-tu ?

Nathalie lui lança un regard affolé.

— Tu es fou ! Je ne veux pas que tu prennes de risque. Qui te dit qu'ils ne sont pas venus à plusieurs ? Mon Dieu ! Julien, je sens que mes nerfs vont flancher, il faut fuir cet endroit sinistre ; emmène-moi loin d'ici. Tout de suite, je t'en prie, si tu savais comme j'ai peur !

Julien la serra fort et longuement contre lui.

— Tu as sans doute raison. D'ailleurs, rien ne prouve qu'il soit déjà là. Il ne va peut-être pas se pointer avant plusieurs heures…

Il tenta de plaisanter :

— Peut-être a-t-il peur de l'orage ?

Puis il enclencha la marche arrière, reculant avec précaution dans le chemin fangeux, jusqu'à ce qu'il parvienne enfin à retrouver la route.

*

4 h 30 du matin

Maître Richard Doucy et Christian Mercillac sortirent ensemble du Cormoran. La pluie et l'orage avaient cessé, et des volutes de chaleur s'échappaient du sol. Dans une heure il ferait jour, et les premières lueurs de l'aube esquissaient une éclaircie timide. Les deux hommes se dirigèrent vers leurs voitures. La nuit avait été plaisante et bien remplie. Une fois de plus, Dédé ne s'était pas trompé dans le choix de leurs partenaires. Mercillac avait passé une bonne partie de la nuit avec deux jeunes Russes, des nouvelles, dont il avait apprécié le savoir-faire. Pour sa part, maître Doucy trouvait l'excitation et la vigueur nécessaires dans le voyeurisme. De ce point de vue, le spectacle de Peter Allison se faisant flageller, puis maniant à son tour la cravache, l'avait particulièrement emballé. À cette heure, l'Anglais, insatiable, prolongeait encore les réjouissances. Quant au gros Guermeur, ils l'avaient abandonné dans une chambre, dormant de son sommeil d'ivrogne.

Les deux hommes se serrèrent la main. Mercillac alluma une cigarette, s'amusa du geste pompeux avec lequel le notaire commandait l'ouverture à distance de sa BMW.

Peu après, dans le matin naissant, ils reprenaient la route de leurs domiciles respectifs.

10

Vendredi 8 juin, 9 heures. Compagnie départementale de gendarmerie, à Lorient.

L'appel surprit le commandant François Colombel au moment où il poussait la porte de son bureau. Il s'était couché tard.

La veille au soir, un forcené s'était enfermé dans sa villa à la périphérie de Lanester, armé d'un fusil de chasse, menaçant tour à tour de mettre fin à ses jours et de tuer quiconque s'approcherait de trop près.

Après plusieurs heures de palabres où Colombel avait alterné fermeté et compréhension, le fou furieux s'était rendu. Il était près de trois heures lorsque le commandant avait rejoint son domicile, à Larmor-Plage. Il avait eu le plus grand mal à trouver le sommeil, poursuivi par le visage halluciné du pauvre type retranché dans sa maison.

Colombel s'assit et décrocha. C'était Charles Brindhomme, le procureur. Un meurtre avait été commis à Étel, lui apprit-il. Tôt le matin, un notable local, Richard Doucy, avait été tué d'une balle dans la nuque, au volant de son véhicule. C'était sa femme qui avait découvert le corps. Les premières constatations faites par la brigade territoriale d'Étel faisaient également état d'un sachet de poudre blanche, probablement de la cocaïne, déposé sur le siège du passager. Le procureur estimait que ce crime pouvait avoir un lien avec le trafic de stupéfiants particulièrement actif dans le sud du Morbihan depuis six mois, trafic que la brigade de recherche et d'intervention de Lorient, sous la responsabilité de Colombel, s'acharnait à démanteler. Comme de coutume, Brindhomme insistait pour être tenu au courant en temps réel de l'avancée de l'enquête et, cela allait de soi, réclamait des résultats rapides et fiables.

Irrité, Colombel se leva en soufflant bruyamment. C'était tout Brindhomme cette manie de se fendre d'un couplet sur la nécessité de travailler vite et bien. Il se rendit au bout du couloir vers le bureau qu'occupaient conjointement le lieutenant Menotti et l'adjudant Bérard. Seul Menotti était présent.

— Es-tu disponible ? questionna simplement Colombel après un bref salut.

À sa grande satisfaction, Menotti lui répondit par l'affirmative.

— Alors, tu viens avec moi. On va à Étel. Il y a eu un meurtre là-bas. Je t'expliquerai en cours de route.

Le commandant Colombel appréciait Daniel Menotti, et celui-ci le lui rendait bien. Les deux hommes étaient pourtant très différents de physique et de caractère. Grand, mesurant près d'un mètre quatre-vingt-dix, massif, Colombel comptait plus de trente années de service et sa ténacité était légendaire.

Daniel Menotti, plus jeune que Colombel d'une quinzaine d'années, était originaire de la région toulousaine. Presque aussi grand que son supérieur, il lui rendait par contre une bonne vingtaine de kilos. Si Menotti pouvait se montrer trop impulsif – et Colombel lui reprochait parfois de brûler les étapes –, ce dernier reconnaissait son courage et sa présence d'esprit souvent surprenante. Colombel regrettait cependant l'intransigeance dont faisait souvent preuve Menotti, et qui avait le don de l'agacer, lui pour qui la réalité des choses tenait plus du gris clair ou du gris sombre que du blanc ou du noir.

Après avoir subi les embouteillages habituels entre Lorient et Lanester, les deux policiers franchirent le Blavet et prirent la direction d'Étel. Une quinzaine de kilomètres plus loin, Colombel engageait sa 206 sur le pont Lorois.

— Regarde comme c'est beau, fit-il à son adjoint, lui désignant l'arrivée superbe sur la ria d'Étel. Ici, le spectacle est permanent.

— Superbe, acquiesça Menotti de son accent chantant. Vraiment superbe.

— Tu connais l'endroit ?

— Non. Moi, dès que j'ai un moment de libre, je file direct vers le sud.

— Eh bien, pour une fois, reste un peu chez nous. Tu ne le regretteras pas. Et puis, aujourd'hui, enfin on respire, ajouta Colombel.

De fait, après les orages qui avaient éclaté un peu partout sur l'Ouest, le vent de noroît s'était levé, apportant une fraîcheur nouvelle.

— On respire, on respire, bougonna Menotti. Moi, j'aimais bien le temps de la dernière quinzaine.

— Si tu aimes suffoquer…

— Vous les Bretons, vous me faites rigoler, riposta Menotti. Dès que la température dépasse les vingt degrés, vous crevez de chaleur. Et puis, vous, vous êtes du coin, alors forcément, vous êtes chauvin.

C'est vrai qu'il était du coin, François Colombel : natif d'Étel, fils de pêcheur, il avait passé une bonne partie de sa jeunesse à galoper sur les quais, fasciné par l'activité qui régnait encore à cette époque sur le port thonier. Jusqu'à la Seconde Guerre mondiale, deux cents bateaux animaient le port. Puis, les suites de la guerre, les parages dangereux et surtout le développement de la pêche industrielle avaient entraîné un lent déclin. Étel ne pouvait rivaliser avec les grands bâtiments modernes. L'essentiel de l'activité s'était reporté sur le port de Lorient, Étel n'abritait quasiment plus aujourd'hui que des bateaux de plaisance. Le père de Colombel, pressentant une crise sévère, l'avait poussé à embrasser la fonction publique. Colombel était rentré à la gendarmerie, puis avait passé le concours d'officier de police judiciaire. Après de longues années de déracinement en région parisienne, il avait obtenu son bâton de maréchal, le grade de commandant, et réussi à se faire muter à Lorient, son port d'attache depuis une demi-douzaine d'années.

— Chauvin, protesta-t-il, est-ce se montrer chauvin qu'aimer sa région et la défendre ?

Il se préparait à envoyer une saillie appuyée à Menotti, mais il préféra garder le silence. Ils parvenaient au carrefour des Quatre-Chemins. Colombel tourna à droite vers Étel.

Menotti reprit la parole :

— Vous m'avez dit que c'est un notaire qui a été assassiné, un certain Richard Doucy. Mais qu'est-ce qui nous prouve que ça se rapporte à notre trafic de stups ?

— On n'en sait rien, Menotti. Mais dès qu'une affaire est susceptible de présenter un rapport, même lointain, avec un trafic de drogue, ça donne des boutons à Brindhomme et tu peux être sûr qu'il nous refile le bébé. Sur place, on devrait en savoir plus.

— Je récapitule, fit Menotti. Quand la femme du notaire s'est levée ce matin, vers sept heures trente, elle a remarqué leur voiture stationnée devant la maison, au lieu d'être rentrée au garage. De loin, apercevant le visage de son mari penché sur le volant, elle a tout d'abord cru qu'il était simplement endormi. Mais lorsqu'elle s'est approchée, elle s'est rendu compte qu'il était mort, tué d'une balle dans la nuque. Elle n'a rien entendu, et pour ce qui est de l'heure du crime, on attend ce que va dire le légiste.

— C'est probablement Pienel qui va venir. Pince-sans-rire, pratiquant l'humour à froid, il va nous faire son numéro, mais il est compétent.

Sans plus échanger un mot, ils parvinrent à l'entrée d'Étel. Colombel s'engagea dans l'artère principale, puis obliqua sur la gauche dans la rue du Presbytère. Au bout de quelques centaines de mètres, ils empruntèrent une petite voie en impasse, la rue Georges-Cadoudal. Tout au bout, on apercevait, derrière un muret de granit ceint d'une haie de thuyas, la résidence de maître Doucy.

Colombel se gara au fond de l'impasse, à côté des cordons de protection installés par la gendarmerie. Sur place, trois gendarmes de la brigade territoriale d'Étel, dont l'adjudant Le Bizet, surveillaient la BMW, à l'intérieur de laquelle on voyait, à la place du conducteur, le corps d'un homme affalé sur le volant. Le Bizet vint derechef les saluer. Il les avertit que le médecin légiste venait d'arriver, et Colombel constata que son pronostic était bon, il s'agissait bien de Pienel. Les deux hommes se serrèrent la main ; Colombel présenta Menotti, et ils se rapprochèrent de la voiture aux vitres teintées.

— Et madame Doucy ? s'enquit Colombel auprès de Le Bizet.

— À l'intérieur de sa maison. J'imagine qu'elle essaie de récupérer du choc.

— Nous irons la voir tout à l'heure. Je crois que vous avez trouvé quelque chose de suspect ?

Le Bizet sortit d'un sac en plastique un petit sachet contenant une substance blanche.

Colombel enfila des gants, ouvrit le sachet, le renifla, s'en passa une légère pincée sur les lèvres.

Ensuite, il le tendit au légiste.

Pienel examina à son tour le contenu du sachet, le rendit au commandant avec une grimace.

— Pas de doute, c'est de la coke. Vous voudrez bien m'excuser, mais je n'ai pas l'habitude d'en prendre au petit-déjeuner. Il se poudrait le nez, votre notaire ?

Colombel marqua son ignorance.

— Bon, si vous le permettez, je vais faire connaissance avec mon client, fit Pienel.

— Nous avons trouvé la voiture avec les portières non verrouillées, précisa Le Bizet.

Pienel ouvrit la porte arrière et s'installa précautionneusement derrière le cadavre du notaire. Il procédait avec de petits gestes rapides, tout en marmonnant des choses intelligibles pour lui seul. Il se redressa bientôt et se tourna vers Colombel et Menotti qui, penchés sur la voiture, l'avaient regardé œuvrer.

— Tué d'une balle dans la nuque. Une seule balle. Un petit calibre, peut-être un 6,35. Je vous dirai ça après l'examen.

— Ça ne peut pas être un suicide ? questionna Menotti.

Pienel émit un petit rire grinçant.

— Pour ça, il faudrait que votre notaire soit un sacré contorsionniste. Regardez.

Pienel replia son bras, et le tendit derrière sa nuque, le majeur et l'index dressés, figurant un revolver.

— Vous voyez quelqu'un se trucider de cette façon ? En plus, l'angle de pénétration du projectile est pratiquement perpendiculaire à la nuque. Et, à vue de nez, l'arme était tenue à au moins vingt centimètres. Non, je regrette pour votre week-end, les gars, mais il s'agit bien d'un meurtre. Celui, ou celle, qui a fait le coup se tenait assis derrière le notaire.

Pienel passa à l'avant de la BMW, se livra à quelques palpations sur le visage et le corps du mort, puis ressortit.

— Et l'heure de la mort? questionna Colombel.

— Je vous dirai ça quand je l'aurai examiné plus en détail à la morgue. La plaie présente un aspect récent, mais le sang a commencé à sécher sur la nuque. Les choses ont dû se passer vers cinq, six heures ce matin.

— L'autopsie nous permettra de situer l'heure de la mort, ça sera déjà ça, répondit Colombel qui se tourna vers l'adjudant Le Bizet. De votre côté, à part la drogue, vous n'avez rien trouvé de spécial dans la voiture?

— Non, à part le petit sachet, rien à signaler. La boîte à gants ne contenait que les papiers du véhicule. Il s'y trouvait également une petite sacoche contenant un portefeuille avec un peu d'argent et deux cartes de crédit. Le vol ne semble donc pas le mobile du crime. Pour le reste, nous n'avons pas touché au corps.

— Vous avez bien fait. S'il y a des indices intéressants, le labo nous les fournira. Et qu'a pu vous dire la femme du notaire?

— Pas grand-chose, commandant. Anne-Laure Doucy nous a déclaré ne rien avoir entendu. Son mari était parti à une réunion hier soir, et elle ne sait pas quand il est rentré. Et puis, on n'a pas voulu la submerger de questions avant que vous n'arriviez.

— On va lui rendre visite. Elle est seule?

— Oui. Son fils vit à Paris, je crois.

— Bien. Je vous remercie de vous charger du transfert de la voiture au labo. Et vous, Pienel, tenez-moi au courant dès que vous en saurez plus sur les circonstances de la mort de maître Doucy.

— Vous devriez avoir mon rapport ce soir.

— Viens, Menotti, allons voir madame Doucy.

Colombel regarda l'adjudant Le Bizet.

— Je compte sur vous pour bloquer l'impasse. La nouvelle de l'assassinat du notaire va vite se répandre et je n'ai pas envie d'avoir tout un cortège de curieux à mes basques. Ce sera mieux pour sa femme, aussi.

11

Colombel ouvrit la porte à droite de la barrière, et les deux hommes s'engagèrent dans un jardin entretenu avec soin. Remontant la petite allée pavée, ils parvinrent devant la lourde porte de chêne qui gardait la maison.

Anne-Laure Doucy répondit au premier coup de sonnette. Une grande et imposante femme d'une cinquantaine d'années, très vieille France, coiffée d'un improbable chignon à l'ancienne, se présenta sur le seuil.

— Madame Doucy ? Je suis le commandant François Colombel, brigade de recherche de Lorient, et voici le lieutenant Daniel Menotti. Nous avons été prévenus de ce qui est malheureusement arrivé à votre mari et nous sommes chargés de mener l'enquête. Je sais que le moment ne s'y prête pas forcément, mais vous serait-il possible de nous accorder un entretien ?

Madame Doucy, après avoir dévisagé les deux hommes, recula pour leur permettre d'entrer.

— Bien sûr, je comprends. Une enquête est nécessaire, n'est-ce pas ? Puis-je vous offrir une tasse de café, Messieurs ? J'ai donné congé à Marthe, ma bonne, pour la journée, mais cela ne me dérange aucunement de vous en préparer.

Apparemment, la mort violente du notaire ne faisait pas perdre le sens de l'hospitalité à sa veuve. Colombel et Menotti déclinèrent poliment la proposition.

Madame Doucy les invita à la suivre le long d'un couloir au parquet miroitant, jusqu'au salon. Colombel promena son regard sur la pièce. Tout, meubles et décorations, respirait le cossu bourgeois de bon aloi et le conformisme. Sur un geste de madame Doucy, ils prirent place sur des sièges en cuir, autour d'une table basse.

Ils observèrent un bref moment leur interlocutrice, assise le dos droit et les jambes bien serrées, tous deux troublés par la parfaite maîtrise dont elle faisait preuve dans ces circonstances. S'agissait-il d'une attitude précieusement composée de grande dame qui ne veut pas extérioriser ses émotions devant des étrangers ? Ou bien, la mort du notaire l'indifférait-elle à ce point ? Colombel s'éclaircit la gorge, et commença :

— Madame Doucy, nous avons besoin de connaître les circonstances dans lesquelles vous avez découvert votre mari. Surtout, je vous en prie, n'omettez aucun détail, même ce qui vous semble accessoire. Mon adjoint prendra les notes utiles. Pouvons-nous commencer ?

— Absolument. Je n'ai rien à cacher et vous avez une mission à remplir, alors autant y aller tout de suite.

Madame Doucy s'exprima d'une voix qui ne reflétait aucune émotion :

— Je me suis réveillée comme tous les jours à sept heures trente. Je me suis rendue à la cuisine pour faire chauffer une tasse de café. C'est en regardant par la fenêtre que je me suis aperçue que Richard n'avait pas rentré sa voiture. Le fait m'a intriguée, car cela ne lui arrive jamais ; il prétend… Il prétendait que laisser sa voiture une seule nuit dans l'impasse serait une aubaine pour les voleurs. Je suis donc sortie pour me rendre compte, et c'est alors que je l'ai vu, affalé sur le volant. Ma première pensée fut qu'il s'était assoupi, mais… la réalité était tout autre.

Pour la première fois, le ton employé par madame Doucy venait de révéler un certain émoi. Mais, très vite, elle se reprit.

— En voyant cette horrible blessure sur sa nuque, j'ai tout de suite compris que mon mari avait été assassiné. Alors, je suis immédiatement rentrée pour téléphoner à la gendarmerie.

— Votre mari est sorti hier soir. À quelle heure a-t-il quitté votre domicile ?

— Il devait être aux environs de vingt heures.

— Et vous n'avez pas entendu sa voiture revenir ?

Anne-Laure Doucy esquissa un demi-sourire.

— Mon mari et moi faisons chambre à part depuis huit ans. Ma chambre est située à l'autre bout de la résidence. Il m'est impossible d'entendre les bruits de la rue.

— Puis-je vous demander pour quelle raison votre mari s'est absenté hier soir ?

— Mais bien sûr que vous le pouvez, commandant. En fait, c'est une habitude, quasiment un rituel qui dure depuis environ deux ans. Tous les premiers jeudis du mois, mon mari avait coutume de s'absenter en début de soirée pour ne revenir qu'au petit matin. Il avait ses réunions au club.

Colombel nota la facilité avec laquelle madame Doucy utilisait désormais l'imparfait pour parler de son mari.

— Un club, intervint Menotti, un club de quoi ?

Madame Doucy exhala un profond soupir.

— Ah là, messieurs, vous m'en demandez trop. Richard disait simplement : « Je pars au club », et puis c'était tout.

La notairesse ne fut pas sans remarquer l'étonnement qui se lisait dans les yeux des officiers de police.

— Je vous sens troublés, Messieurs. Sans doute trouvez-vous étrange le peu de curiosité que je manifestais à l'égard des loisirs de mon époux. Mais voyez-vous, non seulement nous faisions chambre à part, mais nos échanges… verbaux se limitaient au strict minimum. Nous coexistions, un point c'est tout.

— Depuis combien de temps étiez-vous mariés ? fit Menotti.

— Vingt-six ans. Et je suis moi-même fille de notaire, ajouta-t-elle, comme si cela devait expliquer bien des choses.

— Avez-vous des enfants ?

— Un fils de vingt-cinq ans. Il vit à Paris où il travaille dans une agence de publicité. Je l'ai prévenu… du drame… Il sera ce soir près de moi. Je dois vous informer qu'Eymeric, c'est le prénom de mon fils, n'avait pas revu son père depuis plus d'un an. Ils étaient en froid.

— Peut-on savoir les motifs de cette brouille ?

— Il y a certains aspects dans la vie de Richard qui ne plaisaient pas du tout à Eymeric. Richard aurait eu cinquante ans dans un mois, et Eymeric ne lui aurait certainement pas souhaité son anniversaire. Se montrer un père autoritaire, et c'est là un euphémisme, pourquoi pas, mais par ailleurs ne pas afficher envers soi la même rigueur que celle que l'on impose à son fils, cela, Eymeric ne pouvait le supporter.

Colombel commençait sérieusement à penser qu'il n'était plus tellement utile de prendre des précautions oratoires avec madame Doucy. Aussi n'éprouva-t-il aucune gêne à poursuivre.

— Madame, je vais être brutal, mais nous avons des raisons de penser que votre mari pouvait être cocaïnomane. Est-ce que cela vous surprend ?

Anne-Laure Doucy parut s'enfermer dans ses pensées. Après avoir marqué comme une hésitation, elle répondit enfin :

— Franchement, non. Rien ne me surprenait plus s'agissant de Richard. Il n'était pas à un écart près.

Menotti intervint.

— Votre mari se connaissait-il des ennemis ? Un de ses clients aurait pu se considérer lésé, lors d'une transaction par exemple, et lui en vouloir ?

Madame Doucy eut un geste d'impuissance.

— Messieurs, je vous ai dit que mon mari et moi ne communiquions plus guère. Alors, savoir s'il avait des ennemis… Mais je suis issue du sérail, puisque, comme je vous l'ai déjà dit, je suis fille de notaire. Je suis donc bien placée pour savoir qu'un notaire exerce une profession disons… exposée. Que voulez-vous, un acte notarié a presque toujours des conséquences pécuniaires, et l'argent suscite les convoitises, ce n'est pas à vous, messieurs de la police, que j'apprendrai cela ?

— Il y a un instant, vous évoquiez les écarts de votre mari. À quoi faites-vous allusion ?

Madame Doucy, pour la première fois, se départit de son comportement hiératique. Elle se pencha vers Colombel, le regard soudainement durci.

— Mon mari avait une liaison, commandant, une petite truie de vingt ans à peine. Une garce qui lui pompait tout notre argent.

L'attitude altière avait fait place à la rancœur, la voix s'était faite sifflante.

Nous y voilà, pensa Colombel. *Le masque tombe enfin. La grande dame descend de son piédestal. Son mari ne la touchait plus depuis longtemps, mais cela n'empêche pas la jalousie.*

— Vous ignoriez beaucoup de choses de votre mari, mais pas qu'il avait une maîtresse, remarqua Menotti.

— Si on peut appeler maîtresse une petite godiche qui lui avait tourné la tête. Elle le tenait par… par le cul, passez-moi l'expression, et c'est tout. Imaginez qu'elle lui faisait porter un anneau d'or à l'oreille ! Quel ridicule !

— Vous pouvez nous donner le nom de… l'amie de votre mari ?

Avec un indicible dédain, la bouche en cul-de-poule, Anne-Laure Doucy les renseigna.

— Soizic Morel. Elle est employée à RelaisSports, la grande surface spécialiste des loisirs et du sport.

— Savez-vous depuis combien de temps durait cette relation ?

— Au moins un an. Je les ai surpris alors qu'elle était avec mon mari, dans sa voiture, oui, la BMW dans laquelle… il a trouvé la mort ; ils s'embrassaient à bouche que veux-tu. C'était répugnant.

— Vous en avez parlé à votre mari ?

— Certes non, je n'allais quand même pas m'abaisser à lui faire une scène !

— Dites-moi, madame Doucy, fit Menotti, cette jeune personne, vous la connaissiez bien ?

— Lors de notre fête annuelle au tennis club d'Erdeven, j'avais déjà remarqué que mon mari n'avait d'yeux que pour une petite allumeuse qui portait une tenue totalement indécente. Le hasard a voulu que, peu de temps après avoir découvert la trahison de Richard, je me sois rendue à RelaisSports. Je voulais tester une nouvelle raquette de tennis. J'ai tout de suite fait le rapprochement : la vendeuse qui se proposait de me conseiller n'était autre que la traînée qui l'avait tant excité lors de la journée au club de tennis, et qui se frottait contre mon mari dans notre voiture. Bien entendu, je me suis gardée de toute remarque. Le mépris est la seule réponse convenable à ce genre de situation.

— Madame, que va devenir l'étude de votre mari ? questionna Colombel, changeant délibérément de sujet.

— Alors ça, je n'en sais encore rien. Mon mari n'avait jamais voulu prendre d'associé. Pour l'heure,

Robert Pomier, le premier clerc, assurera les affaires courantes. Mais il me faudra prendre une décision.

— Une dernière question, madame, et nous vous laisserons tranquille, reprit Colombel. Votre mari disposait-il d'une arme à feu ?

— Richard avait eu un revolver, mais il s'en était débarrassé il y a plusieurs années.

— Savez-vous pourquoi ?

Anne-Laure Doucy exprima son ignorance.

— Je ne sais pas. À moins… à moins… que Richard n'ait eu peur d'être tenté de l'utiliser contre lui-même…

12

Sans regret, les deux policiers abandonnèrent l'atmosphère confinée de la demeure des Doucy. Colombel nota avec satisfaction que l'accès à l'impasse était entièrement bloqué. La BMW du notaire avait disparu ; les investigations à l'intérieur de la voiture révéleraient peut-être des indices utiles.

— Eh bien, fit Menotti, je n'emploierais pas le terme de « veuve joyeuse » à propos de la mère Doucy, la gaieté n'étant pas sa marque de fabrique, mais la mort de son mari n'a pas l'air de beaucoup l'affecter.

— Tu es très observateur, Menotti.

Celui-ci ne releva pas la pique, tout amicale.

— Par contre, une qu'elle ne porte pas dans son cœur, c'est cette petite… (Menotti consulta ses notes.) Soizic Morel.

— Elle en est même devenue vulgaire. Tu as noté qu'elle s'est habilement arrangée pour nous mettre sur la piste de sa jeune rivale.

— Et si c'était elle, la propre femme du notaire, qui avait fait le coup? Épouse délaissée, bafouée, voilà pour le mobile. Sans compter qu'elle hérite des biens du mari. Elle attend le retour du notaire. Sous un prétexte ou un autre, elle monte à l'arrière de la voiture et lui tire une balle dans la nuque. Leur maison est la seule dans l'impasse, donc aucun risque d'être vue ou entendue. Elle se débarrasse de l'arme et donne l'alerte. Astucieuse, elle prend bien soin de laisser le sachet de poudre sur le siège, à côté du corps de son mari. On pourra toujours imaginer que la coke est à l'origine du meurtre.

— Justement, on ne l'a pas volée.

— Elle peut nous faire croire que le pseudo-assassin a entendu quelqu'un arriver, et s'est rapidement esbigné, abandonnant la came de peur d'être pris sur le fait.

— Peut-être, oui, concéda Colombel sans conviction. Mais, si tu veux mon avis, Anne-Laure Doucy aurait pu trouver d'autres occasions pour se débarrasser de son mari. Et c'est très subjectif, je te l'accorde, mais je ne la vois pas se servir d'un revolver. En revanche, il faudra que tu te renseignes sur l'emploi du temps du fils, histoire de vérifier s'il était bien à Paris la nuit dernière. Tu demanderas aussi à madame Doucy l'adresse de sa bonne, et il faudra l'interroger. Elle aura peut-être des choses à nous raconter sur la vie conjugale de ses patrons.

Colombel consulta sa montre.

— Il est onze heures à peine passées. Que dirais-tu d'aller faire un petit tour à RelaisSports?

*

Vendredi 8 juin, 11 h 30

Nathalie arrêta sa voiture à l'endroit précis où Julien s'était lui-même immobilisé, la nuit précédente. Elle ne reconnaissait rien de ce sous-bois foisonnant de fougères et d'ajoncs, où le soleil tentait de redonner un peu de vie après la tempête de la nuit.

À la suite de leur expédition nocturne, ils étaient rentrés, épuisés, chacun de leur côté, sans faire l'amour, et Nathalie avait encore subi les affres d'une nuit blanche. Ce matin, Georges s'était absenté, et elle avait pris sa Cooper pour retourner dans la pinède de Kerabus, car elle voulait absolument savoir si la sacoche contenant les 15 000 euros avait disparu.

Nathalie referma sa portière, dont le claquement sec troua le silence. Un grand frisson courut entre ses épaules. L'absence de tout bruit rendait l'atmosphère alarmante.

Je ne suis qu'à une centaine de mètres de la route, et j'ai pourtant l'impression de m'enfoncer dans un monde perdu, songea-t-elle.

Nathalie gagna le bout du chemin dont les ornières étaient encore remplies d'eau, aperçut la chapelle au milieu de la clairière. D'entêtantes odeurs d'humus remontaient du sol encore humide. Le cœur battant la chamade, elle dépassa la chapelle, retrouvant à travers l'herbe piétinée la trace de ses pas et de ceux de Julien.

Le calvaire n'était plus qu'à quelques mètres, lorsque, juste devant elle, les fougères se soulevèrent brusquement, en même temps que retentissaient des cris aigus, inhumains. Nathalie recula, projetée en arrière, et tomba sur le dos au milieu de la végétation.

*

Colombel repéra RelaisSports dans une partie de la zone artisanale du Sach qui venait d'être réaménagée. Le gérant, un grand jeune homme blond au regard franc, s'il fut surpris de leur venue, leur réserva le meilleur accueil. Mademoiselle Morel était bien là, au rayon « sports de raquettes ». La fin de matinée étant particulièrement calme, il ne voyait aucune objection à ce qu'ils s'entretiennent avec son employée.

— Je vous prête mon bureau, vous y serez tranquilles pour converser. Je vais vous chercher Soizic.

Cinq minutes plus tard, le gérant revenait, accompagné d'une jeune fille d'une vingtaine d'années, aux fesses moulées dans un jean bleu marine et le tee-shirt RelaisSports tendu par des seins que l'on devinait bien fermes. Sous des cheveux courts, le regard était vif et direct, et les éphélides qui pointaient de chaque côté de son nez donnaient à son visage un air mutin. Colombel attendit que le gérant se fût discrètement éclipsé pour prendre la parole.

— Mademoiselle Morel, Soizic Morel ?

La jeune fille acquiesça.

— Nous sommes officiers de la brigade de recherche de Lorient. Commandant Colombel et lieutenant Menotti.

Soizic Morel les dévisagea avec plus d'attention.

Puis elle posa son derrière sur le bureau de son chef, mains sur les cuisses, jambes ballantes. Que lui voulaient ces deux types ? Ça n'avait quand même rien à voir avec l'excès de vitesse qui lui avait valu d'être flashée la semaine dernière ?

Colombel débuta son interrogatoire.

— Vous connaissez maître Richard Doucy ?

— Dick ? Oui, bien sûr. Et alors ?

— Son épouse l'a découvert ce matin, devant leur domicile, au volant de sa voiture. Il a été assassiné d'une balle dans la nuque.

— Dick, assassiné ? Oh, merde ! Merde !

C'était le cri du cœur, incontrôlé, une très laconique oraison funèbre. Soizic ouvrait de grands yeux ébahis.

— Assassiné ? reprit-elle. Et qui a fait le coup ?

— C'est justement ce que nous voulons découvrir, fit vivement Menotti.

— Vous alors, avec cet accent, vous n'êtes pas du coin !

Colombel, pressentant l'énervement à fleur de peau de son collègue, intervint.

— Mademoiselle, ne voyez pas de curiosité mal placée dans ma question, mais il nous faut avancer dans notre enquête, et vite. Quel type de relation aviez-vous avec le notaire ?

— Ben tiens, si je ne vous vois pas venir vous ! (Elle imita le ton du commandant.) « Quel type de relation aviez-vous avec le notaire ? » Bon, ce que vous voulez savoir, c'est si je couchais avec ? Eh bien, oui, la réponse est oui. Je suppose que c'est sa vieille qui vous a mis au courant.

— Depuis combien de temps durait votre liaison ?

— Notre liaison, comme vous dites, durait depuis, voyons… Nous sommes mi-juin… donc, depuis… un peu plus de quinze mois.

— Comment avez-vous fait la connaissance de Richard Doucy ?

— Parce que je suis obligée de répondre ? Là, c'est ma vie privée qui est en jeu. Je vous ai déjà dit que je couchais avec Dick, ça ne vous suffit pas ? Vous allez me demander dans quelles positions ?

Colombel haussa les épaules.

— Mademoiselle Morel, si vous préférez une convocation en bonne et due forme, libre à vous. Néanmoins, je crois que dans votre intérêt, et celui de l'enquête, il est préférable que vous répondiez dès à présent, et bien franchement, à nos questions.

Soizic poussa un gros soupir qui eut pour résultat de tendre un peu plus son polo.

— Oh, ça va, je me suis un peu énervée, mais faut comprendre. Vous me tombez dessus à l'improviste, vous m'apprenez la mort de Dick, vous me bombardez de questions. Y a de quoi perdre la boule, non ? Bon, qu'est-ce que vous voulez savoir ?

Menotti, s'efforçant au calme, réitéra la question de Colombel.

— Comment avez-vous fait la connaissance de Richard Doucy ?

— Au tournoi interne du tennis club de Ria-Erdeven. Lui ne jouait pas, mais accompagnait sa femme qui, elle, participait aux compétitions. J'ai bien vu tout de suite que je lui plaisais. Il n'arrêtait pas de zieuter ma jupette pour essayer de voir ma culotte. Moi, ça me faisait marrer de voir son manège. Il y avait un buffet d'organisé, et il s'est arrangé pour se coller près de moi. Vous auriez vu les éclairs que me lançait sa bonne femme! Donc, on a fait ami-ami, il m'a demandé mon numéro de téléphone et, huit jours plus tard, il m'invitait à déjeuner. La suite, je vous la raconte, ou vous vous contentez de l'imaginer?

— À votre avis, maître Doucy aurait-il pu quitter sa femme? fit Colombel.

Soizic Morel se rengorgea.

— Quitter sa femme? Quitter sa femme pour vivre avec moi? Vous voulez rire! Ce que Dick voulait, c'est que je lui procure ce que sa femme ne lui apportait plus, ou plutôt ce qu'elle ne lui avait jamais apporté. C'était tout, et ça n'allait pas plus loin.

La jeune fille s'interrompit, puis soupira à nouveau.

— Faut dire que c'était un vrai tordu, le père Doucy. Enfin quoi, c'était un échange, une sorte de marché entre nous: je lui faisais ce qu'il me demandait, et lui me récompensait de mes bons et loyaux services par de petits cadeaux par-ci par-là. C'est comme ça qu'on fonctionnait.

Le silence se fit pendant quelques secondes. Colombel et Menotti digéraient ce qui venait de leur être exposé. Puis Menotti relança:

— Où étiez-vous la nuit dernière?

— Vous voulez savoir si j'étais avec Dick? Eh ben, non. J'étais avec mon copain, Nicolas, Nicolas Le Gall. J'ai passé toute la nuit chez lui et avec lui. Ça vous surprend? Eh oui, j'ai un copain. Parce que Dick, c'était une fois tous les quinze jours ou trois semaines; en fait, je ne l'avais pas vu depuis plus de trois semaines. Si sa vieille avait été intelligente, elle aurait vu que ça ne valait pas le coup de se mettre dans tous ses états.

— Votre petit ami était-il au courant de vos rencontres avec le notaire ?

— Oh la la ! Vous n'allez pas soupçonner Nicky, tout de même ? Je vois ce que vous pensez. Crise de jalousie et pan ! Il flingue le notaire ! Mais vous ne connaissez pas Nicky. Il ne ferait pas de mal à une mouche. Non, pour Dick, je ne crois pas qu'il était au courant. Nicky doit bien se douter que ce n'est pas avec ce que je gagne ici que je peux me payer toutes mes fringues, mais ça ne le tracasse pas.

— Vous me communiquez l'adresse de Nicolas Le Gall ? demanda Menotti.

Sans discuter, Soizic s'exécuta.

— Si vous le questionnez, soyez gentils avec lui, ajouta-t-elle, le ton soudain adouci. Il est assez timide, ne le brusquez pas.

Elle sauta au bas du bureau.

— Bon, je suppose qu'on a fini maintenant ?

— Une minute, mademoiselle Morel, fit Colombel. Nous n'avons pas tout à fait terminé. On a retrouvé un sachet de cocaïne, dans la voiture, près du corps de maître Doucy. Était-il toxicomane ?

Un peu gênée aux entournures, Soizic se rembrunit.

— Je pense qu'il avait le profil.

Très vite, elle ajouta :

— En tout cas, moi, il ne m'a jamais rien proposé.

— Avez-vous une idée de la manière dont il aurait pu se fournir ?

— Mystère et boule de gomme. Je viens de vous dire qu'il ne m'en avait jamais parlé.

— Maître Doucy avait-il fait état auprès de vous de problèmes personnels, ou de gens qui lui en auraient voulu ?

Soizic fit un signe de tête négatif.

— Vous n'auriez pas, par hasard, une idée de l'endroit où aurait pu se rendre maître Doucy, hier au soir ? Madame Doucy nous a parlé d'un club où il se rendait chaque premier jeudi du mois.

Colombel vit la perplexité poindre sur le visage de sa jeune interlocutrice.

— Un club ? Elle vous a parlé d'un club ? C'est curieux, car Dick m'en avait également parlé. Une ou deux fois, il s'était laissé aller aux confidences. Avec des copains à lui, ils se réunissaient dans un hôtel au bord de la ria d'Étel. Il y avait des filles avec eux. Il m'avait même proposé de m'amener, mais ça ne me disait trop rien. J'ai bien l'impression qu'ils faisaient venir des putes pour partouzer.

— Vous pouvez être plus précise au sujet de cet hôtel sur les bords de la Ria ?

— Je ne vois que Le Cormoran, répondit Soizic avec hésitation. Oui, ça pourrait bien être Le Cormoran. Il est situé tout au bout de la presqu'île de Locoal, près de La Forest, sur la route des Huîtres. Dans le pays, on raconte que le patron est un ancien truand parisien. En revanche, ce qui n'est un secret pour personne, c'est que les bourges du coin y filent rancard à leurs maîtresses pour leurs parties de jambes en l'air. Bon, ce coup-ci, est-ce que c'est tout ? Je peux retourner au boulot ?

La jeune fille se dirigea vers la porte, puis stoppa ses pas.

— Quand même… Dick assassiné… Oh merde… Ça va faire du bruit ! J'espère bien que vous trouverez celui qui a fait le coup.

*

Daniel Menotti ne décolérait pas. À son goût, Colombel avait montré beaucoup trop de patience avec la fille Morel. Celle-ci s'était limite payé leur tête, et il se serait fait un plaisir de la remettre à sa place. Mais il n'en souffla mot. Colombel avait ses méthodes, sa façon bien à lui de procéder, et, généralement, il fallait reconnaître qu'il arrivait à ses fins.

N'empêche que lui, Menotti, aurait bien aimé lui apprendre la politesse et lui faire ravaler son arrogance. En fait, il était conscient qu'avec ses mimiques provocantes, elle avait réussi à lui échauffer les sens, et cela l'irritait. Pas étonnant qu'elle ait tourné la tête au notaire ; au petit jeu des comparaisons, il n'y avait pas photo avec son épouse guindée. Cela aussi, il évita de le dire à Colombel, sachant que ce dernier ne prisait guère ce genre de réflexion.

Colombel avait fini par dénicher une place vacante sur le port de plaisance.

— Tu sais ce qu'on va faire, Menotti ? Juste en face, il y a L'Étoile de mer. Je te recommande leurs morgates à l'ételloise : du blanc de seiche et des pommes de terre sautées à l'ail. Pendant que je téléphone au fichier central pour voir si, à tout hasard, ils ont quelque chose concernant Le Cormoran et son patron, va donc nous réserver une table. Ce sera plus prudent, ils ont toujours plein de monde le midi.

Menotti, qui avait l'estomac dans les talons, ne se le fit pas répéter deux fois ; d'un pas décidé, il se dirigea vers le restaurant, tandis que Colombel saisissait son portable.

*

Nathalie se redressa tant bien que mal, se traitant de tous les noms. Le simple envol de deux corbeaux, sans doute dérangés dans le dépeçage d'un animal mort, avait suffi à la terroriser et à lui faire perdre l'équilibre. Avec une grimace, elle frotta ses vêtements. S'exhortant au calme, elle reprit sa marche au milieu des ronces et des ajoncs, parvint au calvaire. La sacoche avait disparu. « On » était venu la récupérer. *Bien, te voilà content*, pensa Nathalie, *tu as ce que tu désirais, mon salaud. Maintenant, j'espère que tu vas me foutre la paix.* Mais, au fond d'elle-même, elle était bien loin d'en avoir la certitude. La main légèrement tremblante, elle prit son portable et sélectionna le numéro de Julien.

13

Vendredi 8 juin, début d'après-midi

Colombel était en route pour Locoal-Mendon. Il avait confié à Menotti le soin de cuisiner le jeune Le Gall, de confronter ses dires à ceux de sa petite amie. Le lieutenant devait ensuite rendre visite à la bonne des Doucy. Celle-ci pourrait peut-être leur apporter des informations utiles sur le couple. Les deux policiers se retrouveraient aux alentours de dix-sept heures, à l'endroit où ils s'étaient sustentés le midi. Colombel prit à gauche à l'entrée de Locoal-Mendon, vers la presqu'île de Locoal.

Colombel se remémora les renseignements qu'il avait obtenus sur les patrons du Cormoran. André Mangin, ancien proxénète montmartrois, plusieurs fois épinglé par les Mœurs, également balance à ses heures, avait quitté la capitale depuis quatre ans et s'était posé comme hôtelier-restaurateur dans ce coin de Bretagne, sans que l'on ait depuis, quoi que ce soit à lui reprocher. Son ancienne protégée, Olga Marconnet, l'avait accompagné dans sa reconversion. Mais rien à signaler, non plus, de son côté à elle, depuis leur arrivée dans le Morbihan. Tous deux menaient apparemment une existence sans histoire. Mais cela, bien sûr, ne prouvait rien. Souvent trompeuses sont les apparences quand on a des choses à cacher.

Colombel atteignit Locoal, dépassa la crêperie La Locoaline. À la sortie de La Forest, un panneau publicitaire flanqué du palmipède lui annonça la proximité immédiate du Cormoran. Peu après, il stationnait devant l'élégante enseigne qui promettait « huîtres, coquillages et fruits de mer ». Protégé par de hauts murs de pierre, Le Cormoran présentait une façade coquette, des alentours bien entretenus. L'hôtel-restaurant était parfaitement retiré, à quelques centaines de mètres à peine de la route des Chouans qui offrit de multiples caches entre bois et marais aux partisans de Georges Cadoudal.

Colombel fit le tour de l'établissement. Une grande terrasse donnait directement sur la rivière où stationnaient quelques barges d'ostréiculteurs. Par-delà le petit bois de hêtres et de châtaigniers qui bordait la terrasse, on apercevait, de l'autre côté de la rivière, la réserve ornithologique d'Iniz-er-Mor.

Un homme jeune, d'allure sympathique, transportait un casier de bouteilles jusqu'à une remise.

Colombel l'interpella :

— Bonjour, je cherche un certain André Mangin.

Le jeune homme répondit au salut de Colombel, puis lui indiqua le bâtiment principal.

— Il est à l'intérieur, avec la patronne. Le plus simple, c'est de revenir sur vos pas et de passer par l'accueil.

Colombel suivit le conseil, et choisit l'entrée marquée « réception ». À l'intérieur, une grande rousse, cigarette blonde aux lèvres, était juchée sur un tabouret de bar. En fond sonore, on entendait une ballade de Gilles Servat.

— Commandant Colombel, brigade de recherche de Lorient. Je voudrais voir monsieur André Mangin et madame Olga Marconnet. On vient de me dire qu'ils étaient ici.

La grande rousse se leva et éteignit la radio.

— Je suis madame Marconnet. Lisette Marconnet, répondit-elle d'une voix rauque, en insistant sur le « Lisette ». Monsieur Mangin fait sa sieste. C'est à quel sujet ?

Colombel esquissa un sourire en pensant à la lisette, petit maquereau que l'on consommait le plus souvent en marinade. Il se demanda si le choix de ce prénom relevait d'une douteuse tentative d'humour ou s'il fallait y voir une coïncidence malicieuse. Il opta pour la deuxième hypothèse.

— Un meurtre. J'aimerais que vous alliez réveiller monsieur Mangin et lui dire que je l'attends ici.

— Un meurtre, répéta-t-elle. Et en quoi ça nous concernerait ?

— Ça, ce sera à moi d'en juger.

Lisette lâcha deux ou trois volutes, puis descendit de son perchoir.

— J'y vais, mais je ne vous promets rien.

— Eh bien, moi, je prends le pari qu'il ne va pas me faire attendre trop longtemps.

Avec un très gros soupir signifiant l'ennui profond que représentait la demande du commandant, Lisette emprunta l'escalier menant aux étages. Colombel la regarda grimper en balançant des hanches. Un peu plus tard, il perçut un bruit de conversation, de portes qui se refermaient, puis des pas dans l'escalier. André Mangin, visage de fouine et cheveux en bataille, fit son apparition, suivi de son amie.

— Je vous dérange en plein milieu de votre sieste que j'imagine volontiers réparatrice, monsieur Mangin, mais c'est une affaire très grave qui m'amène. Un meurtre a été commis ce matin, à Étel. Un notaire, maître Doucy a été assassiné. Êtes-vous au courant ?

Mangin et sa compagne échangèrent un bref regard.

— Oui, nous avons appris la nouvelle, fit cette dernière.

— Je peux savoir qui vous a mis au courant ?

Cette fois, ce fut Mangin qui répondit.

— Les nouvelles circulent vite. Des clients, à table, en ont causé ce midi. Il paraît qu'il a été tué dans sa voiture d'une balle dans la tête.

— Est-ce que le notaire faisait, lui aussi, partie de votre clientèle ?

— À l'occasion, oui.

— Hier soir, était-ce une de ces occasions ?

Nouvel échange de regard, suivi d'un silence. Visiblement, Mangin, pris de court, n'avait pas eu le temps de préparer son laïus. Il se décida enfin.

— Oui, il a bien dîné chez nous hier soir.

— J'imagine qu'il n'est pas venu tout seul ?

Encore un silence embarrassé.

— Vous savez, les clients, ça va ça vient… S'il faut se souvenir de tous ceux qui fréquentent Le Cormoran…

Colombel le coupa sèchement :

— Écoutez, Mangin, quand on a un passé comme le vôtre, on a tout intérêt à adopter un profil conciliant. Ça m'ennuierait d'être contraint de rappeler des choses qui fâchent. Pas d'atermoiements, droit au but, ça ira bien mieux comme ça.

— Le passé, c'est le passé ! s'écria Mangin avec véhémence. Vous n'allez pas revenir dessus toute ma vie. Maintenant, je suis un honnête commerçant, inscrit au registre !

— Justement, comme vous n'avez rien à cacher, je vous écoute. Et, de toute façon, Mangin, dites-vous bien que je saurai tôt ou tard avec qui maître Doucy dînait hier soir. Alors, autant me faire gagner du temps.

De fines gouttes de sueur perlaient sur le visage sournois de Mangin. Lisette, nerveuse, alluma une nouvelle cigarette.

— Ils étaient quatre, fit-elle, après un regard vers Mangin. En plus de Richard Doucy, il y avait Loïc Guermeur, Christian Mercillac et Peter Allison.

— Ce sont des gens du coin ?

— Vous les trouverez dans l'annuaire, répliqua Mangin d'un ton sec.

— Oh, ça va, Dédé, fit Lisette, exaspérée. Autant le renseigner… puisqu'on a rien à cacher.

Lisette ouvrit un placard au fond de la pièce et en sortit un bloc-notes dont elle déchira une page qu'elle tendit à Colombel.

— Voilà leurs adresses et téléphones.

Colombel lut brièvement la fiche que lui avait remise Lisette, puis la remercia d'un signe de tête.

— Et à part ces trois convives, qui dînait dans votre établissement hier soir ?

— Personne. Je leur avais réservé le restaurant, répondit vivement Mangin.

— Comme tous les premiers jeudis du mois ?

Mangin accusa le coup. Décidément, ce flic en savait déjà beaucoup.

— Eh bien, oui… Comme tous les premiers jeudis du mois.

— Ça dure depuis longtemps, ces petites sauteries du jeudi ?

— À peu près deux ans.

— Et votre personnel ?

— Il n'y avait que Lisette et moi. Patrick, notre cuisinier, était en congé. Nous n'employons personne d'autre, en dehors d'une saisonnière que Lisette embauche l'été pour faire les chambres. Vous savez, Le Cormoran, c'est une petite affaire.

— Non, je ne le sais pas. Et à quelle heure sont-ils partis, vos clients ?

Dédé Mangin fit mine de réfléchir.

— Il me semble que Doucy et Mercillac sont repartis ensemble, vers quatre heures et demie ou cinq heures du matin ; Allison vers sept heures et Guermeur encore plus tard.

Colombel leva les sourcils.

— À quelle heure sont-ils arrivés ?

— Comme d'habitude, aux alentours de vingt et une heures.

— Et ils sont restés à table tout ce temps ?

Mangin déglutit. On y était. Ce flic ne le lâcherait pas avant d'avoir son content d'informations. Il allait devoir jouer serré, peser chacun de ses mots.

— Hum… Ces messieurs avaient de la compagnie, articula-t-il avec peine.

— De la compagnie ? Faudrait s'entendre.

Colombel consulta la fiche remise par Lisette.

— Je croyais que messieurs Doucy, Mercillac, Guermeur et Allison étaient vos seuls clients ?

— Mes seuls clients pour dîner. Mais après le repas, ils ont… fait appel à de la compagnie.

— Quel genre de compagnie ?

Sous le regard morose de Lisette, Mangin se passa la main sur le visage, essuya son front humide.

— Des jeunes femmes… En fait, des hôtesses, qui travaillent dans des bars de nuit à Lorient, lâcha-t-il tout de go.

— Comme quoi on revient toujours à ses premières amours, Mangin.

Mangin bondit, piqué au vif.

— Eh là ! Il ne s'agit pas de racolage sur la voie publique ! Ce sont des extras, fournis à la demande de ma clientèle. Il n'y a là rien d'illégal !

— Pour ça, on s'en assurera. Et ces hôtesses, combien étaient-elles, et où sont-elles, à présent ?

— Elles étaient cinq. Je les ai ramenées à leurs domiciles, ce matin.

— Donnez-moi leurs noms et l'adresse des bars où ces jeunes personnes exercent leurs talents.

Mangin fit un signe de tête vers Lisette.

Elle se tourna vers le même placard et en sortit un calepin dont elle recopia une page qu'elle remit à Colombel.

— Et au cours de la nuit, rien de particulier à signaler ?

— À notre connaissance, rien du tout, répondit Mangin en haussant les épaules. Tu vois quelque chose de spécial, toi, Lisette ?

Oh oui, elle voyait quelque chose de spécial, connu d'elle seule. Pourtant, après une brève hésitation, elle prit le parti de ne rien dire.

— Rien, RAS, je me suis couchée vers minuit. Quand je me suis levée, tout le monde était parti.

— Si quelque chose vous revenait, il va de soi que vous m'en feriez part, n'est-ce pas ?

— Bien entendu, commandant, fit Mangin précipitamment. Je vous donne ma parole que nous n'avons rien à nous reprocher. Et si on a l'occasion de faire avancer votre enquête, juré, on n'y manquera pas.

Colombel regarda Mangin, puis sa compagne. Le duo ne lui inspirait aucune confiance. Ce qu'ils lui avaient appris ne constituait que la face visible d'un iceberg qu'il faudrait bien ramener entièrement à la surface.

— Ce sera tout pour le moment. Mais on sera probablement amenés à se revoir. De toute façon, vous allez recevoir une convocation pour une déposition en bonne et due forme. Si vous avez eu des oublis, ce sera le moment de nous en faire part. À présent, avant de vous quitter, j'aimerais que vous me fassiez faire le tour du propriétaire.

— Mais bien sûr, fit Mangin, soudain obséquieux, pressé de voir Colombel s'en aller au diable. Si vous voulez bien me suivre.

Pensive, Lisette regarda les deux hommes s'éloigner.

Elle se demandait si, réellement, elle avait bien fait de tenir sa langue.

*

Vendredi 8 juin, 16 heures

Julien Daquer atteignait les faubourgs de Lorient et ne parvenait pas à se débarrasser de la boule qui lui bloquait la gorge, l'empêchait de déglutir. Pourvu qu'il puisse gagner encore un peu de temps, que sa proposition leur apparaisse comme suffisante. Sinon, il préférait ne pas imaginer ce qui risquait de lui arriver. Ils commenceraient par le petit doigt de la main gauche, l'avaient-ils prévenu. La transpiration inondait sa chemise. Quelle connerie que de s'être laissé embarquer par ces marlous ! Il s'était fait piéger comme un bleu. Maintenant, il fallait payer l'addition. Peut-être voulaient-ils simplement lui faire peur ? Mais il savait qu'il n'en était rien. Ces gens-là ne plaisantaient pas, ne plaisantaient jamais.

Il bifurqua vers le port de commerce. Dans un quart d'heure, il serait fixé.

*

Vendredi 8 juin, 17 heures.

Après sa visite au Cormoran, Colombel avait essayé en vain de joindre Peter Allison qui, si les renseignements fournis par Mangin et sa compagne étaient exacts, demeurait près de Rozmarian, au-dessus de Locoal-Mendon. Mais l'Anglais ne répondait pas. Aussi, Colombel revint-il directement à Étel.

Menotti n'était pas encore à L'Étoile de mer, alors Colombel décida de faire une promenade sur le port, dirigeant ses pas vers la capitainerie. Un vent frais s'était levé. Il mit sa main en visière et porta son regard sur le sémaphore à l'autre bout du port. Il arborait la flèche rouge à l'horizontale, ce qu'en jargon local on nommait la « barre en croix », c'est-à-dire que les entrées et les sorties étaient interdites. Le temps n'était pourtant pas si mauvais. Mais la barre avait ses lois propres. Le banc de sable, à l'embouchure de la rivière, se déplaçait au gré des marées et des courants, et la mer venait se briser sur toute sa longueur. Colombel découvrit sur les murs du syndicat d'initiative un panneau annonçant la commémoration du cinquantenaire de l'expérimentation par Alain Bombard de son nouveau canot de sauvetage. Cinquante ans déjà! Le commandant était âgé d'à peine quatre ans quand le drame s'était produit. Quelques années auparavant, le docteur Bombard avait réussi une traversée en solitaire de l'Atlantique sur un Zodiac. Fort de son succès, il s'était lancé, avec tout l'enthousiasme dont il pouvait se montrer capable, dans une véritable croisade pour promouvoir l'utilisation de ce type d'embarcation en remplacement des canots de sauvetage traditionnels. La barre d'Étel représentait un défi à la mesure de l'enjeu. Si le Zodiac la franchissait sans encombre, cela apporterait une grosse crédibilité aux dires du docteur. Une première tentative avait eu lieu à la mi-août. Au milieu d'un été pourri, la journée s'était révélée exceptionnellement belle. Le franchissement de la barre avait été une réussite, mais elle n'était guère probante. Aussi, un deuxième essai fut-il organisé par la coopérative maritime d'Étel, cette fois début octobre, par vent de force 5 à 6. Et ce fut la catastrophe : l'embarcation où avaient pris place Bombard et des marins-pêcheurs percuta le mur d'eau et se retourna. Quatre coéquipiers de Bombard ne purent être récupérés par le *Vice-Amiral Schwerer II*, le bateau de sauvetage qui suivait le Zodiac, et périrent noyés. Comble de malheur, ses filins s'étant pris dans l'hélice, le *Vice-Amiral Schwerer II* chavira à son tour. En tout, l'expérience se solda par la mort de neuf marins, et la polémique fit rage. Pendant longtemps, Alain Bombard ne fut pas en odeur de sainteté à Étel. Des années plus tard, il fallait cependant rendre justice au Zodiac préconisé par le docteur dont l'adoption permit de sauver maintes vies humaines.

Pour un peu, mon père aurait pu se trouver sur le canot, songea Colombel, puisqu'il était de ceux que l'expérience intéressait beaucoup. En fait, il était mort paisiblement une trentaine d'années plus tard. Sa mère l'avait suivi de peu. Sa mère, brave femme confite en dévotion, priant sans cesse pour que la mer ne lui arrache pas son mari. « Qu'est-ce que maman est pieuse, elle m'a encore emmené à l'église », disait-il à son père. « Pas pieuse, superstitieuse », rétorquait alors celui-ci, le ton bref.

Soudain conscient de la dérive de ses réflexions et du temps qui passait, Colombel soupira et consulta sa montre. Menotti devait être de retour. Il revint à L'Étoile de mer. La partie brasserie était bien fournie en clientèle et il mit un certain temps avant de repérer son adjoint assis à une petite table ronde tout au fond de la salle, devant un demi. Menotti éprouva le besoin de se justifier.

— Il fait encore chaud, j'ai pensé qu'une petite bière était tout indiquée.

Colombel jaugea le demi placé devant Menotti, et se décida finalement pour un café.

— À toi d'abord, fit Colombel.

Menotti débuta par sa rencontre avec Nicolas Le Gall, le petit copain de Soizic Morel. Celui-ci, qui travaillait à la coopérative maritime, lui avait confirmé avoir passé toute la nuit avec son amie, venue le rejoindre tôt dans la soirée à son domicile. Ils s'étaient levés vers sept heures trente du matin, pour, chacun de leur côté, gagner leur lieu de travail. Le Gall ignorait, ou plutôt préférait ignorer, que sa copine fréquentait quelqu'un d'autre. Le garçon, tout au contraire de sa bouillante amie, présentait une nature discrète et plutôt réservée. Bref, le jeune Le Gall paraissait tout à fait incapable de tremper dans une affaire de meurtre, à moins de se révéler un maître dissimulateur. Quant à Marthe Postic, la bonne des Doucy, elle était à l'image de sa maîtresse : compassée, guindée, vouant à cette dernière une admiration sans borne. À part le fait qu'elle ne portait pas le notaire dans son cœur, elle n'avait rien appris d'intéressant à Menotti.

Ensuite, comme il lui restait un peu de temps, Menotti en avait profité pour faire un tour à l'étude de maître Doucy. Au moins y avait-il rencontré quelqu'un que la mort du notaire ne laissait pas indifférent. Le clerc, un certain Robert Pomier, était au trente-sixième dessous. C'est l'épouse du notaire qui l'avait averti de la mort de son mari. Une masse de dossiers étaient en instance, et il ne voyait pas comment se sortir de cette situation épouvantable. Sans que le clerc ne l'eût franchement exprimé, il avait laissé entendre que son patron montrait depuis quelque temps de la négligence dans la conduite de ses affaires.

— Par exemple ? fit Colombel.

— Doucy arrivait en retard, avait du mal à se concentrer sur son travail, oubliait certains rendez-vous. Bref, ça commençait vraiment à aller à vau-l'eau, malgré les efforts du clerc pour maintenir l'étude à flot. En revanche, Pomier est tombé des nues lorsque je lui ai demandé s'il soupçonnait son patron de se droguer.

— Ce qui ne prouve rien. Mais Pomier peut-il expliquer pourquoi le comportement du notaire se détériorait à ce point ?

— Non, pas réellement. Doucy était très secret, il ne se livrait pas. Par ailleurs, les dossiers sur lesquels il planchait, toujours d'après son clerc, ne présentaient pas de problèmes particuliers.

Colombel fit la moue.

— Il faut pourtant qu'il y ait quelque chose…

Menotti leva le bras.

— Attendez, j'ai gardé le meilleur pour la fin ! J'ai demandé à Pomier de me montrer le bureau de Doucy. Tous les tiroirs des armoires et placards étaient fermés à clé, mais il disposait d'un double et n'a fait aucune difficulté pour tout ouvrir. Autant que j'ai pu en juger, il n'y avait là que des documents d'ordre professionnel. Mais j'ai fini par dénicher ceci.

Menotti, sourire carnassier aux lèvres, se pencha et saisit une chemise cartonnée adossée aux pieds de sa chaise. Il la présenta à Colombel.

— Surtout, chef, rien que pour vos yeux.

Colombel ouvrit la chemise. Elle contenait une pile de photos. Au bout de tant d'années de service, Colombel était capable d'entendre et de voir beaucoup de choses sans broncher ; néanmoins, la première photo lui arracha un sursaut. On y apercevait un homme nu, bras et jambes menottés aux quatre coins d'un lit aux montants en fer, livré au bon vouloir de deux jeunes femmes bardées de cuir et pourvues de tout un assortiment sadomaso. Colombel reconnut maître Richard Doucy. Les autres photos, sur lesquelles figuraient encore le notaire et d'autres participantes et participants, étaient à l'avenant.

Colombel siffla et referma la chemise.

— Je crois qu'il sera préférable d'examiner tout ça dans un endroit plus discret.

— On dirait bien que ça partouzait dur dans l'entourage du notaire. Ah ! Les vices de la petite bourgeoisie provinciale ! fit Menotti, jetant un regard réprobateur vers le ciel.

— Je crois savoir où et avec qui ces petites séances se déroulaient, repartit Colombel doucement.

Il fit le récit complet de sa visite au Cormoran.

— En conclusion, grâce à la petite Soizic, nous n'avons pas perdu de temps. Elle avait vu juste. Chaque mois, Doucy retrouvait des copains de bamboche pour festoyer au Cormoran, toujours les mêmes : Christian Mercillac, directeur de la succursale de la Morbihannaise de Crédit, à Étel ; Loïc

Guermeur, PDG de la Guermex, dont le siège est également à Étel, et un certain Peter Allison qui, lui, est sans occupation déclarée, et habite dans la campagne pas loin de Locoal-Mendon… Et également du Cormoran. Nous allons prendre langue avec tout ce joli monde. Mercillac, selon les dires de Dédé Mangin, le patron, aurait quitté Le Cormoran vers quatre ou cinq heures du matin en compagnie de Doucy. C'est par lui que nous allons débuter notre petite tournée.

Colombel prit son portable et composa le numéro de la Morbihannaise de Crédit. Après une brève conversation, il se tourna vers Menotti.

— On y va. Christian Mercillac va nous recevoir. D'ailleurs, il s'attendait visiblement à notre venue. Après ma visite, Dédé Mangin a dû passer quelques coups de fil, histoire de prévenir les petits copains.

14

Vendredi 8 juin, 18 h 30. Dans les locaux de la Morbihannaise de Crédit.

— J'ai appris la mort de Richard en fin de matinée. Comme j'appelais son étude pour une affaire de crédit immobilier, Pomier, son clerc, m'a répondu. Le malheureux était catastrophé. Madame Doucy venait de lui apprendre l'assassinat de son mari. Ça m'a fait un sacré choc également. Voyez-vous, Richard était un très bon ami. À l'heure actuelle, j'ai encore du mal à réaliser. C'est tragique, inconcevable, et surtout horrible.

Christian Mercillac souffla bruyamment et se prit la tête entre les mains. Il avait réservé le meilleur accueil aux deux officiers de police, mais une tension certaine perçait sous la façade de la cordialité. Il passa la main sur ses yeux, puis tiraillа le coin de sa moustache. Il portait beau dans son complet de flanelle grise. Derrière lui, une photo encadrée le représentait en tenue de golfeur, arborant fièrement une coupe.

— Monsieur Mercillac, depuis combien de temps étiez-vous l'ami de maître Doucy ?

— Nous avons fait connaissance et sympathisé il y a quatre ans, en fait, pratiquement depuis mon arrivée à Étel, quand j'ai pris en charge cette agence.

— Et vous avez passé la soirée d'hier avec lui, à l'hôtel-restaurant Le Cormoran ?

— Parfaitement. Et comme j'ai quitté cet établissement en sa compagnie, de bonne heure ce matin, et que le… crime a été commis peu après, je suis le dernier à avoir vu Richard vivant, donc le principal suspect, n'est-ce pas ?

— Je n'irai pas jusque-là, mais en tout cas, et jusqu'à présent, le principal témoin, répondit sèchement Colombel. À quelle heure êtes-vous sorti du Cormoran ?

— Il était aux environs de quatre heures et demie, ce matin.

— Vous étiez seul avec maître Doucy ?

— Absolument. J'ai raccompagné le pauvre Richard jusqu'à son véhicule. Je me rappelle m'être amusé de la façon avec laquelle il commandait l'ouverture à distance de sa BMW.

Mercillac tendit lentement le bras, bien raide devant lui, et fit mine de cliquer avec le pouce.

— C'était tout Richard, cela. Toujours digne, cérémonieux. Après nous être dit au revoir, nous sommes partis chacun de notre côté. Et… je ne l'ai plus revu.

— Vous êtes certain que la voiture de maître Doucy était verrouillée ?

— Sans aucun doute. Je vous ai dit avoir vu Richard utiliser sa télécommande, et j'ai entendu le petit clic signalant l'ouverture.

— Qui participait à cette soirée, en dehors de Richard Doucy et vous-même ?

— Deux autres amis : Loïc Guermeur, un chef d'entreprise très connu par ici, et Peter Allison, un Britannique venu s'établir dans la région. Ils sont partis après nous, puisque leurs véhicules étaient encore en place au moment de notre propre départ.

— Si j'en crois les déclarations des patrons du Cormoran, pour agrémenter votre soirée, vous faisiez appel à des jeunes femmes ?

Mercillac eut un mince sourire.

— Je ne vois aucune raison de vous cacher quoi que ce soit. En effet, par l'intermédiaire de Dédé Mangin, nous louions les prestations de quelques professionnelles. Cela se déroulait dans un lieu privé, entre adultes consentants. Je ne pense pas que nous ayons enfreint la loi.

Menotti, après avoir consulté ses notes, intervint :

— Monsieur Mercillac, madame Doucy a évoqué l'existence d'un club que fréquentait son mari, club qui se réunissait à dates régulières, tous les premiers jeudis du mois. Faisait-elle allusion à vos soirées au Cormoran ?

Mercillac souleva les épaules.

— Club, c'est un bien grand mot. Oui, nous utilisions parfois ce terme pour parler de nos rencontres, qui se déroulaient effectivement tous les premiers jeudis de chaque mois. C'est surtout Peter qui emploie le mot club. Peut-être parce qu'il est anglais. Pour ma part, je préfère parler de soirées entre amis.

— Et vous étiez toujours les quatre mêmes participants à ces soirées entre amis ?

— Toujours. Peter, Loïc, ce pauvre Richard, et moi-même. Dédé Mangin nous réservait son hôtel ces soirs-là, et son amie, Lisette, faisait le service.

— Est-ce que vous connaissez des gens qui auraient pu en vouloir à maître Doucy ?

— En vouloir à Richard ? Au point de l'assassiner ? Non, je ne vois pas. Certainement pas. Richard dirigeait son étude avec intégrité et beaucoup de rigueur.

L'aplomb de Mercillac commençait à sérieusement agacer Colombel. À son avis, le chef d'agence en faisait un peu trop. C'est avec de l'ironie dans la voix qu'il répliqua.

— Rigoriste, digne, cérémonieux, rien que ça ! Bigre ! Pourtant, ce sont des qualificatifs dont le notaire s'affranchissait allègrement dans vos soirées, si j'en crois, par exemple, ce cliché.

Il tendit à Mercillac la photo du notaire, écartelé sur le lit, subissant les assauts des deux dominatrices.

Mercillac se mordit les lèvres, déglutit.

— Hum… Je faisais allusion aux qualités professionnelles de Richard. Ici, nous sommes dans un domaine privé, il ne s'agit que de jeux libertins.

— Eh bien, amusons-nous, fit Colombel. C'est vous qui avez pris la photo ?

— Non… En général, c'était Mangin qui s'en chargeait. Moi, ces photos, ce n'était pas mon truc. Vous n'en trouverez pas chez moi.

Colombel passait en revue les différentes photos.

— Ah, mais vous y figurez quand même. J'ai fini par vous trouver, là, sur cette photo de groupe.

Il la tourna vers son interlocuteur.

— Où voulez-vous en venir ? se récria Mercillac, soudain tout rouge. Ce sont des photos privées qui n'ont rien à voir avec votre enquête ! Si ça se trouve, vous n'avez même pas le droit de les exhiber devant moi ! Je suis célibataire. Je fais ce que je veux de ma vie et n'ai de comptes à rendre à personne. Je vais prendre un avocat ! Nous ne faisions rien d'interdit et…

— Je sais, il ne s'agissait que de prestations tarifées entre adultes consentants, vous me l'avez déjà dit. Maintenant, savoir si ça concerne notre enquête, et si vous n'enfreignez pas la loi, c'est notre affaire, monsieur Mercillac !

Mercillac se renferma, tassé sur son fauteuil. Il reprit, la voix apaisée.

— Excusez-moi. Ce sont ces satanées photos qui m'ont énervé.

— Comprenez bien que votre témoignage est capital, monsieur Mercillac. Encore une ou deux questions. Maître Doucy aurait-il pu avoir un rendez-vous après que vous l'avez quitté ?

— À cinq heures du matin ? Cela me paraît tout à fait improbable. Non, je suis certain que Richard est rentré directement chez lui.

— On a retrouvé un sachet contenant de la cocaïne dans la voiture de Richard Doucy. Votre ami était-il toxicomane ?

Mercillac n'eut pas l'air surpris.

— Il faut bien dire que Richard était d'un tempérament inquiet, facilement dépressif. Peut-être, oui peut-être, était-il tombé dans le piège des stupéfiants.

— Qui aurait pu le fournir ?

Mercillac secoua la tête.

— Vous m'en demandez trop. Si réellement Richard usait de drogue, je n'ai pas la moindre idée de la manière dont il se fournissait.

Après un regard interrogatif vers Menotti qui lui fit signe qu'il ne souhaitait pas intervenir, Colombel se leva. L'entretien était terminé.

*

Une fois seul, Mercillac prit son combiné téléphonique, puis, après quelques secondes de réflexion, le reposa. Il n'y avait pas de raison de s'inquiéter. Pas encore… Il promena l'index sur sa fine moustache. La mort de Doucy intervenait à un très mauvais moment. Mais ce pauvre Richard, bien sûr, n'avait pas eu le choix.

15

Au sortir de la banque, Colombel tenta à nouveau de joindre Peter Allison, mais buta sur la messagerie vocale. Il invita le Britannique à le joindre le plus vite possible au numéro qu'il lui indiquait. Ensuite, il contacta l'entreprise de Loïc Guermeur. Une employée de la Guermex lui répondit que monsieur Guermeur était en visite sur les chantiers, qu'il rentrerait tardivement dans la soirée, et qu'il serait plus facile de le rencontrer le lendemain matin à son bureau.

— Tu reviendras demain avec Bérard. Plus rien ne nous retient, on rentre sur Lorient.

Menotti grimaça, ce qui n'avait pas échappé à son supérieur. Physiquement, Menotti et Bérard étaient aux antipodes l'un de l'autre. L'un, bronzé, grand et maigre; l'autre, pâlichon, petit et rondouillard. Lorsqu'ils étaient ensemble, Colombel les voyait comme une boule cherchant à renverser la dernière quille.

— Bérard et ses astuces à deux balles, grommela Menotti.

— Bérard est un bon flic. Il a les pieds sur terre, et on ne lui fait pas prendre des vessies pour des lanternes.

Menotti n'eut garde d'insister, cela n'aurait servi à rien. Il préféra revenir sur leur entretien avec Christian Mercillac.

— Si l'on ajoute foi à ce que nous a raconté le banquier, la voiture de Doucy était verrouillée lorsque le notaire l'a récupérée au petit matin. Il a donc fallu que Doucy s'arrête en cours de route pour prendre quelqu'un à bord de son véhicule, ou alors que son assassin l'attende devant son domicile.

— Tu vois Doucy s'arrêter pour prendre quelqu'un en stop ? À quatre heures et demie du matin ?

— Non, ou bien Mercillac l'a suivi jusque chez lui, ou bien quelqu'un l'attendait devant sa maison. Quelqu'un qu'il connaissait suffisamment pour le faire monter à bord de son véhicule.

— N'oublie pas qu'il a été tué depuis le siège arrière. Tu ne trouves pas ça bizarre ? En principe, quand tu invites quelqu'un à monter, c'est plutôt à côté de toi.

— Et s'ils étaient deux ? Supposons que Doucy ait un besoin pressant de dope. Il donne rendez-vous à ses fournisseurs devant sa résidence, mettons à cinq heures du matin, car il ne lui faut pas plus de vingt minutes pour se rendre du Cormoran jusque chez lui. L'heure est idéale pour une discrète transaction. Les dealers grimpent à bord de la BMW. Pour je ne sais quel motif, la rencontre tourne mal et Doucy se fait buter. Ou encore, autre hypothèse, il tombe dans un piège tendu par des types qui, connaissant son goût pour la coke, voulaient lui faucher sa marchandise. Pour une raison ou une autre, ils laissent la drogue sur place. Peut-être ont-ils entendu arriver quelqu'un et ont-ils déguerpi sans demander leur reste ?

— Ou bien, c'est ce qu'on veut nous faire croire, fit Colombel à mi-voix.

Au bout de quelques instants, Menotti reprit :

— En tout état de cause, je ne pense pas que cette affaire ait une quelconque relation avec notre réseau de trafiquants.

— Jusqu'à preuve du contraire, je ne le pense pas non plus.

Il était près de vingt heures lorsqu'ils rejoignirent le siège de la brigade de recherche, rue du Couëdic. Colombel donna congé à Menotti.

— Pendant que j'y pense, demain matin, avec Bérard, après vos visites à Guermeur et Allison, poussez donc jusque chez Doucy. Le fils doit être arrivé auprès de sa mère. Vérifiez s'il a un alibi pour la nuit dernière. Pour ma part, je vais voir ce que les petites dames du Cormoran pourront me raconter au sujet de la dernière nuit. Dupuis m'accompagnera. Il connaît bien le milieu. C'est lui qui a démantelé le réseau des prostituées africaines, l'an dernier.

Colombel pénétra dans son bureau et s'assit. Il se sentait fatigué. Depuis quelque temps, son organisme supportait moins bien le manque de sommeil. Il avait peu dormi la nuit précédente, et celle qui s'annonçait promettait d'être courte. Il espérait au moins que sa virée dans les bars de nuit de Lorient lui permettrait d'obtenir des éléments nouveaux, d'en apprendre davantage sur la personnalité des habitués du Cormoran.

Il regarda sa table, toujours bien rangée, vide de tout dossier. Un jour, sa fille, encore adolescente, était venue lui rendre visite et avait trouvé son environnement triste, voire lugubre. Il regarda les murs, nus si l'on exceptait le calendrier de l'année en cours. Sur son bureau, contrairement à beaucoup de ses collègues, aucune photo de sa femme et de ses deux enfants, adultes à présent. Il jugeait cela trop ostentatoire. Les sentiments n'avaient pas besoin de s'afficher.

Colombel grogna et alluma son ordinateur. Parmi les courriers électroniques reçus figurait celui de Pienel, le médecin légiste, ainsi que les résultats de l'analyse de la voiture du notaire. Il ouvrit d'abord le message de Pienel et fit défiler le texte.

Origine : médecine légale
Objet : affaire Doucy

La victime a reçu une balle d'un calibre 6,35 mm – cartouche de type 2S ACP – au milieu de la nuque, entraînant une mort instantanée. L'arme était tenue à environ 20 cm du corps de la victime. L'heure de la mort peut être fixée aux alentours de cinq heures. La victime avait absorbé une grande quantité d'alcool. Des traces importantes de chlorhydrate de cocaïne ont également été relevées.

Aucune ecchymose sur le corps, pas une égratignure. La victime a visiblement été surprise par son agresseur. Aucune trace de vol, non plus. Richard Doucy disposait encore de tous ses papiers, chéquier et cartes de crédit.

Pienel terminait son rapport sur un mot de soutien : *Bon courage à vous !*

Colombel édita le rapport du légiste, puis consulta le compte rendu du laboratoire. Dans la BMW, en sus de celles de Doucy, d'autres empreintes et traces avaient été recueillies, sans pouvoir être identifiées. Si des trafiquants de drogue étaient responsables de la mort du notaire, soit ils n'étaient pas répertoriés au fichier, soit ils avaient pris leurs précautions.

Colombel se leva, se dirigea vers la machine à café ; il se servit un expresso bien serré et gagna le bureau que Bérard partageait avec Menotti. L'adjudant Bérard était encore présent. Petit homme qui ne se départait jamais d'une humeur égale, il possédait l'étrange marotte de rallonger les noms propres de syllabes de son cru pour obtenir un effet qui l'amusait beaucoup. Menotti devenait ainsi Menotti-roir caisse et Colombel, Colombel-deux églises. Cette innocente manie, qui horripilait Menotti, ne l'empêchait pas bien sûr d'être un excellent enquêteur estimé de la plupart de ses collègues et supérieurs.

— Dis-moi, Bérard, es-tu libre demain matin ?

— Plus ou moins, répondit Bérard, sans trop se mouiller, comme à son habitude.

— J'espère que ce sera plus. Je voudrais que tu accompagnes Menotti à Étel. Un notaire, maître Richard Doucy, y a été assassiné aux premières heures de l'aube. Vous interrogerez deux types qui ont partagé sa dernière nuit : Loïc Guermeur, un entrepreneur local, et Peter Allison, un Anglais résidant à côté de Locoal-Mendon. Menotti te fera le topo ; voilà déjà la copie du compte rendu du médecin légiste et le rapport des gendarmes qui ont découvert le corps. Vous devriez être de retour pour midi.

— Entendu, patron, répondit simplement Bérard. J'appelle Menotti pour fixer l'heure du départ.

16

Samedi 9 juin, fin de matinée. Domicile de Colombel, à Larmor-Plage.

Colombel installait le salon de jardin sur lequel le couvert serait dressé. Le vent s'était carrément orienté plein ouest. Venus de la mer, des moutons blancs sillonnaient le ciel à l'assaut du continent. La température demeurait cependant agréable, et Colombel se réjouissait à la pensée de la côte de bœuf qui bientôt commencerait à griller. Françoise apparut, les bras chargés de couverts. Petite femme à la silhouette fine, elle était documentaliste à mi-temps à l'université de Bretagne-Sud, à Lorient. Elle cultivait sa forme par une pratique régulière du yoga. Depuis peu, elle tâtait également de la philosophie et, par une curieuse association d'idées, Colombel avait un instant craint que tout cela ne les conduisît au végétarisme ; mais, à son grand soulagement, tout au moins jusqu'alors, Françoise restait dans les plus classiques dispositions culinaires.

Colombel, tout en bâillant à s'en décrocher la mâchoire, aida sa femme à débarrasser son chargement.

— Voilà ce qui arrive quand on passe la nuit dans les bars, s'écria Françoise en riant. Le lendemain, il n'y a plus personne.

— Service commandé, ma chère, et je t'assure que...

Colombel fut interrompu par la sonnerie de son portable. C'était Menotti.

— Je t'écoute, Daniel. (Colombel usait volontiers du prénom lorsqu'il se trouvait dans un contexte extérieur au service.) Comment s'est déroulée votre petite promenade ?

— Pas trop mal. J'ai eu droit à Doucy-gares du pharaon, et Guermeur-de soif, mais à part ça, Bérard s'est montré supportable.

— Vous avez rencontré Guermeur ?

— Il nous attendait à son bureau de la Guermex à Étel. Quarante-cinq ans, divorcé, chef d'entreprise de travaux publics, grande gueule et grossier, le genre de mec qui n'arrête pas de se tripoter toutes les cinq minutes. Voilà pour le portrait. Pour ce qui est de la nuit du jeudi au vendredi, il nous a confirmé l'avoir passée au Cormoran. Il a été le dernier à repartir, vers huit heures du matin. Il paraît qu'il avait bu plus que de raison et qu'il s'est endormi tout de suite après le repas. Pour les filles, il assume à la façon du « faut bien rigoler un peu, non ? ». Autrement, il ne fréquentait pas Doucy en dehors de leurs soirées spéciales. En fait, il nous a bien fait comprendre que Doucy n'était pas le genre de relation qu'il recherchait. C'est à peu près tout ce qu'on a pu en tirer.

— Allison ?

— Nous nous sommes rendus jusqu'à sa propriété, isolée sur la petite route qui va de Locoal-Mendon à Rozmarian. Un beau domaine, entre parenthèses. Il est loin d'être dans la gêne, le sujet de Sa Gracieuse Majesté ! Mais tout était fermé, l'oiseau n'était pas là.

— Si les témoignages sont fiables, il est hors du coup puisqu'il aurait quitté Le Cormoran après que le crime a été commis. J'envoie un fax à nos collègues d'outre-Manche, afin de savoir si, par hasard, il ne serait pas connu de leurs services. Et s'il ne s'est pas décidé à me contacter avant la fin du week-end, on lancera un appel à témoin. Et le fils Doucy ?

— Eymeric ? Un drôle de gars, maigrichon, tout pâle, introverti, qui s'exprime à mi-voix. Il ne portait pas son père dans son cœur. Il n'a cessé de geindre, de plaindre sa pauvre mère obligée de supporter les désordres de son père. Pour la fameuse nuit, il était à Paris, invité à une soirée dans le Marais. Au moins une vingtaine de ses amis peuvent s'en porter garant. On vérifiera pour la forme, mais, à mon avis, il peut d'ores et déjà être mis hors de cause. Et de votre côté, chef ?

— J'ai fait la connaissance de ces dames. Elles officient comme hôtesses, au sens très large du terme, tu t'en doutes, dans trois bars de nuit, sur le port. Toutes bien connues de nos services. Sur les cinq qui accordaient leurs faveurs au Cormoran, trois sont étrangères : deux Russes et une Eurasienne. En fait,

Mangin va faire son marché une fois par mois, et ramène un certain nombre de filles pour ses clients. Ce ne sont pas toujours les mêmes, ça dépend des prestations demandées par ces messieurs. Au dire des filles, Doucy et Allison étaient les plus exigeants. Elles confirment les heures de départ des uns et des autres. Mercillac et Doucy sont partis vers quatre heures trente, Allison a prolongé sa séance jusque vers sept heures et Guermeur a dormi jusqu'à huit heures. À part ça, elles ne m'ont rien indiqué qui puisse, de près ou de loin, expliquer le meurtre du notaire.

Les deux hommes échangèrent encore quelques mots, puis mirent fin à la communication.

Colombel regarda sa femme qui achevait de dresser la table.

— Excuse-moi, je t'ai laissée tomber, mais c'était Menotti au sujet de notre affaire d'Étel.

— Et comment va-t-il, ce Menotti ? Toujours célibataire ?

Colombel détourna le regard.

— Oh, il joue de malchance. Il a failli à deux ou trois reprises se mettre sérieusement en ménage, et, à chaque fois, ses bonnes copines l'ont largué au dernier moment.

Françoise leva les yeux au ciel.

— Faut les comprendre ! Femme de flic… Quelle abnégation !

— Ah oui ?

Colombel assena une grande claque sur les fesses de sa femme qui, illico, poussa un cri strident.

— Aïe ! Eh là ! Halte aux violences policières !

17

Après-midi du lundi 11 juin. Au Cormoran.

Nathalie s'étira sur les draps froissés et se tourna sur le côté, la tête reposant au creux de la main. Appuyé au chambranle de la fenêtre, Julien contemplait la pluie fine qui, depuis le matin, suintait sans interruption.

Ses yeux descendirent le long du dos bien découplé jusqu'aux fesses rondes et fermes de son amant, et elle sentit son désir se réveiller. Doucement, elle l'appela :

— Julien, viens près de moi.

Il se retourna lentement. Elle remarqua, une nouvelle fois, les plis sur son front, le regard lointain.

— Tu es inquiet ? Je sais que tu n'es pas bien. Dis-moi ce qui te tracasse. J'espère que ce n'est pas cette histoire de chantage ? Nous avons décidé de ne plus en parler. C'est fini. On va nous laisser en paix.

Julien revint sur le lit, s'allongea sur le dos, les yeux fixés au plafond. Il n'avait jamais été si près de lui avouer la vérité. Trois, quatre phrases énoncées d'une voix atone, et il serait délivré de ce poids énorme. Mais les mots ne parvenaient pas à franchir ses lèvres. Il flanchait encore devant l'obstacle. Il passait toute sa vie comme ça, à remettre les explications au lendemain.

— Tu sais, nous ne sommes pas obligés de refaire l'amour.

Nathalie posa sa tête sur son épaule, promena la main sur son corps, sans qu'il réagisse.

— Être simplement avec toi, c'est déjà merveilleux. Mais qu'est-ce qui te tourmente ? Je voudrais tellement t'aider.

Julien enregistra cette dernière phrase, se la répéta mentalement. « Je voudrais tellement t'aider. » Oh, de cela il ne doutait pas. Comment avait-il pu se tromper à ce point, se laisser si cruellement influencer ? Pauvre Nat, il était trop tard désormais. C'est avant qu'il aurait fallu jouer franc jeu. Il l'avait abusée, lui avait caché un pan entier de son existence. À surfer sur des vagues trop hautes pour lui, il avait fini par couler. Julien, le flambeur, le chéri de ces dames, avait tout perdu. Définitivement.

Nathalie se souleva au-dessus de lui, le regarda tendrement, déposa un baiser sur ses lèvres.

— Ne restons pas ici. Sortons. Allons nous promener. Ce n'est pas ce petit crachin qui va nous arrêter. Descendons jusqu'à la rivière. Qu'est-ce que tu en dis ? Je suis sûre que ça nous fera du bien. Ils se rhabillèrent en silence. Julien regarda

Nathalie enfiler son ciré rouge et pensa avec mélancolie qu'ils avaient fait l'amour pour la dernière fois. Comme ils étaient sur le point de quitter la chambre, le portable de Nathalie fit entendre sa sonnerie fringante.

— Ah, quelle idiote ! J'aurais dû l'arrêter.

Vivement, elle sortit l'appareil de son sac et prit l'appel. Quelle poisse, c'était Mercillac. Elle l'avait complètement oublié, celui-là.

Sans comprendre, Julien suivit la conversation embarrassée de sa maîtresse.

— Quel crampon ! fit-elle après avoir éteint son téléphone. Mercillac, le patron de la Morbihannaise. Il m'était sorti de l'esprit. Lorsque je l'ai rencontré, la semaine dernière, pour qu'il me procure les 15 000 euros en billets, il a insisté pour que nous déjeunions ensemble. Bêtement, je lui avais donné mon accord pour demain midi. Et zut ! Il va falloir que je décommande Corinne. On déjeune souvent ensemble le mardi.

— Mercillac ? Pourquoi ne l'envoies-tu pas balader ?

— Il m'a… Il nous a quand même bien dépannés. Et puis, je crains qu'en cas de refus de ma part, il ne mette Georges au courant de notre transaction. Quand je lui ai décliné mon identité, il a réagi comme si mon nom ne lui était pas inconnu. Peut-être connaît-il Georges ? Je préfère aller à son rendez-vous pour clarifier la situation. Je sais bien ce qu'il a derrière la tête mais, crois-moi, il peut toujours courir. Il m'a donné rendez-vous à Saint-Guillaume. Il paraît qu'il y a un bon resto près de la chapelle. Tu vois lequel ?

— Il doit s'agir de La Terrasse de Saint-Guillaume. En venant d'ici, il faut repasser par Pont-Lorois. C'est de l'autre côté de Saint-Cado. Si tu tiens vraiment à y aller…

Quelques minutes plus tard, ils quittaient Le Cormoran. Au grand soulagement de Nathalie, les patrons n'étaient pas là pour leur habituel « au revoir et à bientôt », sur un ton qu'elle jugeait bêtement narquois. Sous le crachin insistant, ils dirigèrent leurs pas vers le sentier piétonnier qui suivait la rivière. Le quasi-mutisme de Julien inquiétait Nathalie ; elle s'irritait de ce qu'il n'était guère disposé à lui faire part de ses problèmes. Il lui cachait quelque chose. Pourquoi répugnait-il à se confier ? Afin d'entretenir vaille que vaille la conversation, elle évoqua l'affaire qui excitait les passions depuis le précédent week-end.

— Tu connaissais bien le notaire qui a été assassiné devant son domicile ?

Julien sortit de sa torpeur.

— Doucy ? Oui, un peu. Il a contractualisé plusieurs cessions et acquisitions que j'avais réalisées pour mes clients.

— Justement ! C'est à son étude que nous avions signé l'acte pour l'achat de la maison que tu nous avais trouvée. Je conserve le souvenir d'un grand bonhomme filiforme, vêtu de noir, l'air triste. D'après les journaux, la police pencherait pour un meurtre perpétré par un rôdeur, dans le but de le voler. Drôle d'histoire quand même. On croit vivre dans un coin tranquille, et puis, la même semaine, je reçois le courrier d'un maître chanteur et un assassinat est commis.

— Tu ne crois quand même pas qu'il existe une relation entre les deux affaires ? s'écria Julien.

— Bien sûr que non. Mais cela prouve qu'à notre insu, nous sommes entourés de gens dangereux. Et puis, une autre chose me semble bizarre. Depuis l'annonce de ce crime, Georges a un comportement étrange. La nouvelle de la mort du notaire l'a fortement ébranlé. Je le sens soucieux, tourmenté... un peu comme toi, fit-elle en lui souriant et en lui ébouriffant les cheveux de la main. Lorsque je lui ai demandé s'il avait revu le notaire depuis l'achat de L'Éolienne, il m'a répondu que non, mais je l'ai senti gêné. Je suis certaine qu'il ne m'a pas dit la vérité.

Ils effectuèrent encore quelques pas en silence, et Nathalie s'immobilisa, pressa le bras de son compagnon.

— Enfin, on se moque du notaire et du reste, n'est-ce pas ? L'essentiel, c'est nous et rien que nous. Et à la pensée qu'il faut encore attendre une semaine avant de se revoir, ça me donne le cafard. Sept jours sans toi, c'est une fin de monde.

Elle se lova contre lui.

— Embrasse-moi, Julien.

Une fin de monde, oui, c'est exactement ça, songea Julien, tandis qu'agité de sombres pensées, il se penchait vers le visage de son amante.

*

Lundi 11 juin. Compagnie départementale de gendarmerie à Lorient.

L'entretien durait depuis une heure.

Face au commandant François Colombel, Peter Allison, vêtu d'un coûteux costume sombre à fines rayures, affectait une attitude nonchalante, presque désinvolte. Son état civil affichait quarante-cinq ans, et si son physique demeurait agréable, son visage émacié aux paupières lourdes était creusé de fines ridules témoignant d'une existence qui n'avait pas dû être un long fleuve tranquille.

Allison avait quitté Le Cormoran vers sept heures du matin le vendredi précédent, et, après être repassé par sa résidence pour se munir de bagages, il avait pris la direction de Saint-Malo. À treize heures, il embarquait sur un ferry à destination de Jersey où son banquier lui avait fixé rendez-vous. C'est à Saint-Hélier, la capitale de l'île, qu'il avait reçu l'appel de François Colombel. Dès son retour en France, le lundi, il s'était fait un devoir de se rendre immédiatement à Lorient afin de le rencontrer. Peter Allison avait été prévenu de la mort de maître Doucy par ses amis Christian Mercillac et Loïc Guermeur, alors qu'il se trouvait à Jersey. Il ne s'expliquait pas le meurtre du notaire, ne lui connaissait aucun ennemi.

— Nous avons retrouvé, dans sa voiture, un petit paquet contenant de la cocaïne. Et l'autopsie a révélé la présence d'une importante quantité de cette drogue dans son organisme. Saviez-vous que votre ami Richard Doucy en était consommateur ?

Allison sortit un étui à cigarettes, puis constatant avec regret l'absence de cendrier, le remisa dans la poche intérieure de sa veste.

— Vous savez, je rencontrais Richard une fois par mois, au Cormoran, rarement plus. Alors, pour ce qui est de connaître ses habitudes…

— Nous savons que Doucy était consommateur de cocaïne, du moins en avait-il ingéré lors de la soirée précédant sa mort. Il lui fallait un fournisseur.

Le Britannique eut un geste fataliste, tandis que Colombel insistait :

— La mort de Richard Doucy est peut-être liée à sa toxicomanie. C'est pourquoi nous devons trouver celui qui le pourvoyait.

— Je ne vois pas comment je pourrais être en mesure de vous aider.

Colombel observa un moment son vis-à-vis, puis il ouvrit un tiroir.

— Monsieur Allison, je ne vous cacherai pas plus longtemps que mes confrères britanniques m'ont fourni des renseignements vous concernant.

Il feuilleta le dossier qu'il avait entre les mains.

— Vous avez été incarcéré pendant sept ans, exactement de février 1991 à mars 1998, pour trafic de stupéfiants.

— Cela ne vous autorise pas à m'accuser d'avoir fourni de la cocaïne à Richard.

— Je ne vous accuse encore de rien, je procède à de simples recoupements. Depuis quelque temps, le marché de la drogue connaît une singulière extension dans notre région, et je n'aime pas ça du tout, monsieur Allison.

Peter Allison émit un petit rire moqueur.

— Nos sociétés occidentales sont reines en matière d'hypocrisie. L'alcool, oui, tant que l'on veut, mais surtout pas de drogue. Mais l'alcool n'est-il pas une drogue ? Cette... comment dites-vous... tartuferie, je crois, oui cette tartuferie m'amuse plus que vous ne sauriez le croire. Cela dit, vous pouvez fouiller mon domicile, vous ne trouverez trace d'aucune substance prohibée, commandant Colombel. J'ajoute que mes différents placements me rapportent suffisamment pour vivre sans avoir besoin de recourir à des activités que vous considérez comme illégales.

— Je n'en doute pas, monsieur Allison.

— Dans ce cas, puis-je considérer l'entretien comme terminé ?

Sans répondre, Colombel se replongea dans son dossier.

— Vous avez été également condamné pour sévices sexuels sur les personnes de deux jeunes femmes, en 2000, à Brighton.

— Le terme de sévices est largement exagéré, les filles étaient consentantes. Elles ont porté plainte pour tenter de me soutirer de l'argent.

— Consentantes comme au Cormoran ?

L'Anglais regarda froidement Colombel.

— Comme au Cormoran, oui.

Colombel ouvrit un nouveau tiroir et en sortit quelques-unes des photos que Menotti avait rapportées de chez le notaire. Il les étala sur son bureau.

— Loin de moi l'idée de vous faire la morale, monsieur Allison, mais pour ma part, j'ai du mal à imaginer que l'on puisse librement consentir à la douleur. Certaines photos sont assez explicites quant à la souffrance ressentie, n'est-ce pas ?

— Ou au plaisir, commandant. Ou au plaisir. Mais peut-être ne pouvez-vous comprendre…

Colombel se raidit, exaspéré. Tout dans l'attitude du Britannique lui déplaisait souverainement. Il dut résister à l'envie de le saisir au collet et de le gifler.

— Je vous demande, ou plutôt, je vous recommande de rester à notre disposition et de ne pas quitter la région. Nous pourrions être amenés à nous revoir.

— Mais c'est un exquis plaisir que de collaborer avec les autorités judiciaires françaises, et tout particulièrement avec vous, commandant, grinça Allison, qui se leva de sa chaise.

Et, toisant Colombel, prenant tout son temps, il alluma une cigarette.

*

Colombel retrouva Menotti et Bérard dans leur bureau et leur détailla son entretien avec Peter Allison.

— Bref, conclut-il, l'enquête est au point mort. Aucun personnage suspect rôdant aux environs de la maison de maître Doucy le matin de son assassinat ne nous a été signalé. Celui-ci, en dehors de ses compères du Cormoran, n'avait pas beaucoup d'amis. Mais on ne connaît personne, non plus, qui lui en aurait voulu au point de le tuer. En plus, il se droguait, mais sans que l'on sache si cela peut avoir un rapport avec sa mort. Il nous faut en savoir davantage sur son entourage. Bérard, creuse donc du côté de Mercillac. Renseigne-toi auprès de sa direction, ici à Lorient, pour savoir comment il est perçu, comment il gère son agence, etc. Après tout, c'est notre suspect numéro un. Il est le dernier à avoir vu Doucy vivant et il a pu le suivre jusqu'à son domicile. Mais, c'est vrai, il nous manque le mobile. Toi, Menotti, retourne sur Étel et fouille dans le passé de Guermeur et de Doucy. Moi, je m'occupe personnellement de l'Anglais. Ce type est un pervers. Et j'ai la conviction qu'il en sait beaucoup plus qu'il ne m'en a dit. Pour commencer, il faut au plus vite déclencher une perquisition à son domicile. Si nous devons progresser, je ne serais pas étonné que nous le devions, volontairement ou involontairement, au sieur Peter Allison.

— Allison-le glas, lâcha Bérard, d'une voix paisible.

Menotti lui lança un regard furibard.

18

Mardi 12 juin, midi et demi

Venant de Plouhinec, Nathalie rejoignit la route de Pont-Lorois à Lanester. Peu après, elle prit sur la droite, franchit la vasière du Bisconte par le pont de Kerrichard. Elle suivit jusqu'à Saint-Guillaume un épais bois de pins qui laissait entrevoir de temps à autre les façades d'élégantes résidences secondaires. Elle longea la petite chapelle et aperçut un panneau fléché indiquant *La Terrasse, huîtres et spécialités de poissons, ouverture de mai à septembre*. Une Laguna grise était garée sur un terre-plein : la voiture de Mercillac. Il lui avait expliqué que l'on ne parvenait au restaurant, situé tout au bord de la rivière, que par un petit sentier d'une centaine de mètres, accessible uniquement à pied, et qu'il l'attendrait sur le parking. Nathalie se rangea près de la Laguna. Mercillac n'était pas dans sa voiture. Sans doute était-il parti se dégourdir les jambes, pensa Nathalie.

Elle regarda alentour. Hormis leurs deux véhicules, l'endroit paraissait désert. Mercillac l'avait prévenue que le restaurant n'attirait pas la grande foule en semaine et hors saison. « Nous y serons peut-être seuls », avait-il fait remarquer. À son tour, elle abandonna sa voiture et fit quelques pas sur la rive. Devant la petite chapelle à la porte peinte en bleu s'étendait le chenal qui conduisait à la route des Huîtres. La mer était étale, et loin des courants qui souvent l'agitaient, la surface de la rivière devant Saint-Cado avait le calme d'un lac.

Le matin, au téléphone, Nathalie avait brièvement conversé avec Corinne. Celle-ci l'avait mise en garde.

— Libre à toi d'aller à ce rendez-vous. Mais surtout méfie-toi. Mercillac est rusé, et même retors. Pour t'avoir, il va sortir le grand jeu.

Nathalie s'était faite rassurante. Elle se sentait capable de se défendre et de maintenir le sémillant Chris à distance. Sacrée Corinne ! Elle avait la dent dure avec la gent masculine et exerçait à son égard une ironie redoutable. En y réfléchissant, Nathalie constata qu'elle ne lui avait jamais connu de relation suivie avec un homme, sûrement pas comme celle existant entre elle et Julien, en tout cas.

Le temps s'écoulait et Nathalie piaffait.

D'accord, le coin est magnifique et il fait beau, mais je déteste poireauter ! Pour me séduire, tu n'utilises pas la bonne méthode. Si tu avais une chance sur un milliard d'atteindre ton but, mon petit Chris, tu es en train de la gâcher.

Et s'il l'attendait tout simplement au restaurant ? Peut-être avait-il changé d'avis ? Elle décida d'en avoir le cœur net. Le restaurant, qui donnait directement sur la rivière, ne devait pas être bien loin. Nathalie franchit une barrière en chicane, et s'engagea à travers bois sur un dénivelé qui s'accentuait, puis s'immobilisa soudain. Un homme lui barrait le chemin.

*

Peter Allison se préparait à faire un long voyage. Sa situation devenait inconfortable. Le matin, sa propriété avait été perquisitionnée. Toutes les pièces de sa belle gentilhommière subirent une inspection en règle, et le disque dur de son ordinateur fut disséqué. Son jardin fit également l'objet d'une visite minutieuse. Bien sûr, ils n'avaient rien trouvé. Il était bien trop malin pour conserver chez lui les traces de ses diverses activités. Mais sa longue expérience lui enseignait qu'il était désormais sous surveillance, que toutes ses allées et venues seraient contrôlées et ses comptes examinés à la loupe. Ce Colombel était un coriace qui ne le lâcherait pas d'une semelle. Allison prévoyait heureusement, de longue date, une solution de repli. Mais il devait agir vite. Son téléphone se trouvait déjà sûrement sur écoute, ce qui ne lui facilitait pas les choses pour joindre le contact qui l'aiderait à partir en lieu sûr.

Il ouvrit son bar, déboucha un Knockando de dix-huit ans d'âge, son préféré. Levant son verre, il porta un toast silencieux à ce petit coin de Bretagne où, finalement, il s'était bien distrait. Les soirées du jeudi lui manqueraient. Et il partirait sans savoir qui avait liquidé son meilleur client. Il avait une idée, bien sûr, mais il ne pouvait demeurer sur place uniquement pour vérifier qu'il ne se trompait pas. Et, dans ce cas, il risquait à son tour de devenir une cible. C'était là une autre excellente raison pour s'en aller de manière définitive.

19

L'individu qui faisait face à Nathalie présentait un visage hagard ; toute son attitude laissait présager une crise de nerfs imminente.

— Vous m'avez fait peur, articula-t-il enfin. Il y a là un cadavre.

— Un cadavre ? répéta Nathalie, incrédule.

L'homme faisait de visibles efforts pour se ressaisir, dominer les tremblements qui l'agitaient.

— Derrière moi, dans les fourrés.

Il se retourna, désignant un emplacement dans les futaies. Nathalie distingua une forme claire écroulée au milieu des éricacées. Malgré sa répugnance, elle s'approcha. L'homme était étendu sur le dos. Une tache rouge souillait sa chemise et sa veste. Elle avança près du corps et poussa un cri étouffé, reconnaissant Christian Mercillac, les yeux figés, un rictus déformant sa mâchoire. Curieusement, la première pensée qui lui vint à l'esprit fut que c'était le premier mort que de toute sa vie il lui était donné de voir.

— Mon Dieu ! Que lui est-il arrivé ?

— Apparemment, on lui a tiré dessus, et il a reçu une balle en pleine poitrine. Je suis le patron du restaurant un peu plus bas. J'attendais deux clients pour midi et demi, et je… je suis tombé sur ce pauvre type. Je vous jure que ça fait un sacré choc ! C'est vous qui veniez manger ce midi ?

— Non… enfin oui, c'était mon intention, mais maintenant j'ai l'appétit coupé.

— Je comprends ça. Vous le connaissez ?

— Oh non, pourquoi le connaîtrais-je ? Je venais toute seule.

— En tout cas, il faut prévenir la police. Je vais les appeler.

— Oui… Oui, vous avez raison.

— Ne restez pas ici. Un petit cordial vous fera du bien en attendant leur arrivée.

— Non, je vous remercie, je suis incapable d'avaler quoi que ce soit. Je préfère attendre dans ma voiture.

— Bien, faites comme vous voulez.

Il redescendit rapidement vers son restaurant, tandis que Nathalie regagnait sa voiture. Sa décision était prise. Elle n'avait aucune intention de répondre aux questions des policiers, car il lui faudrait s'expliquer sur sa présence à Saint-Guilllaume et sur le fait qu'elle connaissait Mercillac, ce qu'elle voulait éviter. Elle démarra en trombe, désireuse de s'éloigner au plus vite. Elle était consciente que sa fuite semblerait louche, mais le restaurateur ignorait son identité, n'avait pas vu sa voiture. Elle n'imaginait pas comment la police pourrait remonter jusqu'à elle. Elle en était là de ses réflexions quand elle entraperçut, sur sa gauche, garée au fin fond d'un chemin creux, une grosse voiture noire. Un court instant, elle pensa à la Mercedes de Georges, mais chassa rapidement cette idée et reprit le cours de ses pensées.

Elle avait averti Georges qu'elle déjeunerait avec des membres de son association, il lui fallait donc tuer deux bonnes heures avant de retourner à L'Éolienne. L'idée lui vint d'aller chez Corinne, mais elle y renonça. Elle la mettrait au courant plus tard. Il ne fallait pas abuser de la sollicitude de son amie. Elle l'avait suffisamment mise à contribution ces derniers temps. Elle revint sur Étel, s'arrêta à l'entrée de la commune, composa le numéro de Julien et tomba sur le répondeur. Elle ne laissa pas de message. Annoncer un meurtre, ce n'est pas le genre de nouvelle que l'on abandonne sur une boîte vocale, d'autant plus que le moral de Julien n'était pas très brillant ces derniers jours. Elle le rappellerait plus tard. Peut-être consentirait-il alors à lui confier les causes de son état cafardeux ? En se taisant, il lui témoignait un manque de confiance qui la blessait. Tout à coup, avec la force d'une évidence, elle se rendit compte qu'elle n'aurait pas la patience d'attendre lundi pour le revoir. Leur relation ne pouvait plus se satisfaire d'un rendez-vous par semaine, il lui manquait trop. En réalité, la vie avec Georges lui devenait tout simplement insupportable. Elle devrait rapidement prendre une décision.

Nathalie se remit en route au moment où une voiture de gendarmerie, tous gyrophares allumés, la croisait. Son cœur se serra. Cette voiture se dirigeait sans doute vers Saint-Guillaume. Dans une vingtaine de minutes, elle serait sur le lieu du crime. Nathalie revit Mercillac la recevant dans son bureau, fringant, sûr de son potentiel de séduction. Et maintenant, il était mort. Qui l'avait assassiné ? Et pourquoi ? Elle se secoua. Tout cela la dépassait et à quoi bon ces questions, puisqu'il lui était impossible d'en avoir la réponse !

Nathalie réussit à se garer près du Salon de Morgane. Elle y patienterait, à défaut d'y déjeuner, car elle doutait de pouvoir avaler quelque chose, puis rejoindrait son domicile.

20

Mardi 12 juin, 18 h 30. Compagnie départementale de gendarmerie, à Lorient.

François Colombel se leva et abaissa un peu plus le store qui protégeait la fenêtre située derrière son fauteuil. Il se rassit pesamment, desserra son nœud de cravate et, reprenant son stylo, entreprit de continuer à noircir de sa petite écriture penchée et régulière le bloc-notes posé sur son bureau. C'était le brouillon du texte qu'il destinait à Brindhomme, le procureur. Les événements venaient de se précipiter dans ce qu'il appelait l'« affaire Doucy ». Côté positif, un nouveau réseau de prostitution était en passe d'être démantelé. En remontant la filière depuis Le Cormoran, un sordide trafic de filles importées depuis les pays de l'Est et l'Extrême-Orient avait été mis au jour, et plusieurs arrestations s'étaient ensuivies dans le milieu lorientais. André

Mangin, le patron du Cormoran, était pour l'instant placé en garde à vue. Côté négatif, et pour cela Colombel ne décolérait pas, se reprochant son manque de vigilance, Peter Allison avait plié bagage et filé… à l'anglaise. Et voici qu'il venait de prendre connaissance d'un nouveau crime. Quelques heures plus tôt, Menotti, qui enquêtait à Étel, l'informait de l'assassinat perpétré sur la personne de Christian Mercillac dans un bois, près d'un restaurant proche de la chapelle Saint-Guillaume. Les recherches faites alentour pour retrouver l'arme du crime n'avaient jusqu'ici rien donné. Il semblait bien que quelqu'un en voulait aux membres du club. Alors, qui serait le prochain sur la liste ? Guermeur ? Allison avait-il déguerpi pour se mettre à l'abri… ou était-il responsable de ces deux meurtres ?

Colombel releva la tête. Après avoir frappé discrètement à la porte, l'adjudant Bérard pénétrait dans son bureau. Le commandant attendit qu'il ait pris place pour lui apprendre le meurtre de Mercillac.

— Le patron du restaurant n'a pas entendu de coup de feu ? s'étonna Bérard.

— Rien. Menotti l'a interrogé. Comme ses deux serveuses, il était à l'intérieur de son établissement. Mais ce n'est pas tout. Cornu, c'est le nom du patron, alors qu'il butait sur le cadavre de Mercillac, a surpris des bruits de pas. Terrorisé, il a d'abord pensé que l'assassin était de retour, mais il s'est trouvé face à une jeune femme qui déboulait depuis le parking situé au-dessus de son restaurant. Elle venait soi-disant déjeuner à La Terrasse de Saint-Guillaume, mais s'en est allée sans demander son reste, refusant le remontant que le patron voulait lui offrir. Quand il lui a dit qu'il rentrait pour appeler du secours, elle a prétendu vouloir attendre dans sa voiture. Mais en fait, elle a bel et bien décampé.

Bérard sifflota.

— A-t-on une description ?

— D'après Cornu, mais son témoignage est à prendre avec précaution, car il semblait totalement bouleversé, elle aurait entre trente et trente-cinq ans, brune, physique agréable. Ce qui l'a intrigué, c'est qu'il lui a semblé qu'elle connaissait Mercillac, bien qu'elle ait affirmé le contraire. Mercillac avait réservé une table pour deux personnes. Il pourrait s'agir de la personne qui devait accompagner le banquier au restaurant. On va lancer un appel à témoin. Même si le coin est retiré, quelqu'un a peut-être aperçu notre femme mystère ou sa voiture. En tout cas, il va nous falloir faire vite et utiliser les grands moyens. Deux meurtres en quelques jours sur la rivière d'Étel, avec des victimes qui sont de proches relations, ça fait plus que désordre. Brindhomme va nous harceler. De ton côté, qu'as-tu réussi à glaner, aujourd'hui ?

Bérard posa ses deux mains à plat sur le bureau et commença de sa voix paisible.

— Comme vous me l'aviez demandé, j'ai mené ma petite enquête sur Mercillac, bien entendu ignorant ce qui lui était arrivé. Je me suis rendu au siège régional de sa banque, la Morbihannaise de Crédit, et j'ai appris des choses très intéressantes. Il n'était pas en odeur de sainteté, notre Mercillac, pas bien noté du tout par sa hiérarchie. Il y a un an, son agence avait fait l'objet d'une inspection déclenchée par sa direction lorientaise. On reprochait à

Mercillac d'avoir le crédit un peu trop facile, surtout avec les copains, et de prendre des risques que ne goûtaient pas ses patrons. J'ai notamment appris qu'il avait soutenu au-delà du raisonnable une autre de nos connaissances, Loïc Guermeur, dont la boîte battait sérieusement de l'aile. Sans l'appui inconditionnel de Mercillac, c'était le dépôt de bilan assuré. Heureusement, Guermeur a remporté, très curieusement m'a-t-on précisé, l'appel d'offres pour la construction d'un centre de loisirs à Erdeven. Voilà qui devrait lui permettre de rembourser les généreuses avances octroyées par Mercillac. Mais il y a autre chose. D'après un certain Lambert, un des responsables de la Morbihannaise de Crédit, jeudi dernier, la veille donc de l'assassinat de Richard Doucy, Mercillac s'est rendu à Lorient auprès de sa direction, pour obtenir l'autorisation de délivrer 15 000 euros en espèces à une de ses toutes nouvelles clientes. Normalement, pour une transaction de ce genre, il faut des justifications de la part du demandeur, en l'occurrence de la demandeuse, et Mercillac n'en avait pas exigé. Il a réussi à convaincre Lambert en lui expliquant que sa cliente délaissait le CPO, le Crédit Populaire de l'Ouest, le rival local, pour la Morbihannaise, qui plus est en apportant 140 000 euros, et que ça valait bien la peine de prendre un peu de liberté avec la réglementation. Bref, d'après Lambert, c'était tout à fait le genre de combines à la Mercillac. Lambert a quand même donné son accord, estimant que Mercillac, qui jouait parfois avec le feu, n'avait jamais réellement fait perdre de l'argent à la Morbihannaise, et possédait quand même un savoir-faire appréciable.

— Et qui est cette cliente pour qui Mercillac s'est montré si obligeant ?

— Une certaine Nathalie Bramant… songe.

— … ?

— Bramant-songe, mensonge, répéta patiemment Bérard.

Colombel soupira. Bérard avait sans doute besoin de ce genre de truc pour continuer à fonctionner.

— Et cette Nathalie Bramant, où habite-t-elle ?

— Elle vit avec son mari, à la pointe de Gâvres.

— Bon, alors voilà ce que tu vas faire. Menotti est sur Étel et restera sur place. Tu lui téléphones tes infos et demain vous vous retrouvez à Gâvres. Vous rendez visite à cette Nathalie Bramant pour qu'elle vous explique pourquoi elle avait besoin de 15 000 euros en liquide. Essayez de savoir si cela peut avoir un rapport avec la mort de Mercillac. Vous irez aussi à la Morbihannaise de Crédit sonder le personnel. Qui sait si les employés ne peuvent nous fournir des informations intéressantes ?

— Ça marche. Et de son côté, Menotti a-t-il trouvé quelque chose à l'étude de maître Doucy ?

— Pas plus que lors de sa première visite. Rien que des affaires ordinaires, mais toutes plus en retard les unes que les autres. Doucy semblait complètement à côté de ses pompes. En fait, c'est son clerc qui maintenait l'étude à flot. À part ça, il n'a rien trouvé qui puisse justifier un meurtre.

*

Peu après vingt heures, Colombel s'apprêtait à quitter son bureau, son rapport au procureur

Brindhomme achevé, lorsque son ordinateur lui envoya un signal lui annonçant l'arrivée d'un courriel. C'était le résultat de l'expertise à laquelle Pienel, le médecin légiste, avait procédé sur le corps de Christian Mercillac.

Origine : médecine légale
Objet : affaire Mercillac
La victime a été tuée d'une balle d'un calibre de 6,35 mm qui s'est logée en plein cœur. L'assassin se trouvait à environ un mètre de la victime lorsque le coup a été tiré. La mort a été quasi instantanée. Il est fort possible que l'arme soit la même que celle utilisée dans l'affaire Doucy.

Absence de sédatif ou autre drogue dans le sang. L'heure du décès se situe aux environs de midi. Aucun indice sur l'alimentation. Estomac vide.

Pienel s'était encore fendu d'un post-scriptum : *J'espère que l'hécatombe va s'arrêter ! Je pars en vacances à la fin de la semaine.*

Colombel se rassit et ajouta quelques lignes à destination de Brindhomme.

21

Nuit du 12 au 13 juin.

Il était sûr d'avoir crié, pourtant il n'avait pas dérangé sa femme. Il se réveilla en état de choc, le cœur battant, encore sous l'emprise de son cauchemar. Georges Bramant, les yeux grands ouverts dans l'obscurité de la chambre, réalisa qu'il ne pourrait se rendormir qu'avec l'aide de somnifères. Il se tourna de côté et s'assit sur le lit. Attirant son fauteuil à la force des poignets, il pivota et y prit place. Il se dirigea vers la salle de bains et l'armoire à pharmacie. Il prit le tube et fit passer deux comprimés à l'aide d'un verre d'eau. Sans bruit, il roula jusqu'au salon, attendant que les neuroleptiques agissent.

Peu à peu, les battements de son cœur retrouvèrent leur rythme normal. Mais les images, accablantes, subsistaient : les flammes de la grande cheminée qui projettent des lueurs ondulantes sur les corps nus des deux filles aux rires aigus. La troisième, une blonde diaphane que Christian Mercillac a présentée comme son amie, dont on remplit sans cesse le verre. « Sois pas bégueule, déshabille-toi, insiste Mercillac, on est là pour s'amuser. » Et lui, Georges Bramant, qui reste dans son coin, suivant les ébats d'un œil morne, du tréfonds de son ivresse. La blonde se débat, Mercillac et Allison doivent s'y mettre à deux pour l'immobiliser, tandis que Doucy lui ôte ses vêtements. Avec une régularité lancinante, le gros Guermeur, les yeux vitreux, avachi sur la table, de son verre en heurte le dessus, comme pour scander une sorte de danse macabre. Et toujours ces rires hystériques qui vrillent son tympan. La démarche hésitante, il se lève vers le groupe, ne sachant que faire. Jamais il n'oubliera le regard implorant qu'elle lui lance, une vraie supplique à intervenir. Quelques mots, une parole, suffiraient peut-être à tout arrêter, mais il ne les prononce pas. Honteux, il tourne les talons, jetant malgré lui un dernier regard avant de quitter le grand salon. Mercillac et Allison forcent la jeune femme à se mettre à quatre pattes, tandis que Doucy s'agenouille derrière elle. N'y tenant plus, à bout d'écœurement, il sort vomir son dégoût. L'air froid de cette nuit de décembre lui rend un minimum de lucidité : il doit partir, s'enfuir, rentrer chez lui et oublier ce qui est en train de se passer. Il s'installe au volant de sa voiture. Vingt-cinq kilomètres à faire, ce n'est pas le bout du monde. Malgré son ivresse, il parviendra bien à les parcourir. Il roule vite, trop vite, mais n'est plus très loin de son domicile quand deux phares viennent à sa rencontre, l'aveuglant d'éclairs coruscants. Dans un ultime réflexe, il braque brusquement vers la droite. Il s'ensuit une folle embardée qui le propulse vers le fossé. Lorsqu'il reprend connaissance, dans sa chambre d'hôpital, sous sédatif, il ne souffre pas. Ce n'est que lorsque le chirurgien lui annonce qu'il restera paraplégique pour le restant de ses jours qu'il se sent transpercé comme par un coup de poignard. De toutes ses forces, il rejette l'impitoyable diagnostic. Le destin lui impose un terrible handicap. Serait-ce un juste châtiment, le prix de sa lâcheté ?

Les sens engourdis, Georges rejoignit la chambre. Avant de s'endormir, avec la force d'une implacable conviction, l'idée le pénétra que seule une partie du chemin avait été parcourue. Les choses n'en resteraient pas là. Et lui ne devait plus reculer.

22

Mercredi 13 juin, 11 heures. Domicile de Nathalie Bramant à Gâvres.

L'homme à l'accent méridional s'était annoncé au téléphone comme étant Daniel Menotti, lieutenant de gendarmerie à la brigade de recherche de Lorient. Il sollicitait un entretien auprès de madame Nathalie Bramant « pour affaire la concernant ». Nathalie répondit qu'elle serait à son domicile, dont elle précisa l'adresse : villa L'Éolienne, chemin de Porh-Kemen, à la pointe de Gâvres.

Le cœur serré, elle reposa le téléphone. Ainsi qu'elle le craignait, ils n'avaient pas mis longtemps à retrouver sa trace. Quelqu'un avait sans doute repéré sa voiture en stationnement près du restaurant à Saint-Guillaume et informé la police. Qu'allait-elle pouvoir raconter ? Comment expliquer sa fuite ? Était-il possible de soutenir envers et contre tout qu'elle ne s'était pas rendue au restaurant ?

Le patron du restaurant ne l'avait entrevue que deux ou trois minutes à peine. Serait-il en mesure de la reconnaître ? Ce serait sa parole contre la sienne… Nathalie était encore en pleine incertitude quant à la conduite qu'elle devait adopter lorsqu'un véhicule pénétra dans la cour de L'Éolienne. Peu après, deux hommes se présentaient à sa porte. Un grand type efflanqué la toisa sans ménagement.

— Madame Bramant ? Lieutenant Menotti. Je vous ai téléphoné tout à l'heure pour vous annoncer notre visite.

Menotti exhiba sa carte tricolore.

— Et voici l'adjudant Bérard, mon collègue.

Nathalie salua d'un bref mouvement de tête le petit homme replet qui accompagnait le grand maigre.

— Je vous en prie, entrez, Messieurs.

Les deux hommes la suivirent jusqu'au salon, où Nathalie les invita à s'asseoir. Menotti attaqua sans attendre, tandis que Bérard se munissait d'un carnet et d'un stylo.

— Vous êtes seule, madame Bramant ?

— Oui. Mon mari est parti ce matin pour Paris. Il doit rencontrer ses anciens employeurs et…

Menotti l'interrompit d'un geste.

— Pour l'instant, c'est à vous seule que nous désirons parler. Connaissez-vous Christian Mercillac ?

Nathalie se raidit imperceptiblement.

— Christian Mercillac ? Oui, j'ai fait sa connaissance récemment. C'est le directeur de l'agence de la Morbihannaise de Crédit, à Étel.

— C'était. Il a été victime d'un meurtre hier midi. Vous l'ignoriez ?

Nathalie s'efforça de répondre d'une voix posée, malgré la boule qu'elle sentait monter dans sa poitrine.

— Non. J'ai entendu la nouvelle à la radio ce matin.

— Vous étiez cliente de son agence, dit Menotti d'un ton manifestant sans ambiguïté qu'il s'agissait d'une affirmation et non d'une interrogation.

— Oui, depuis peu.

— Selon des bordereaux en notre possession, Christian Mercillac vous a remis un montant de 15 000 euros en liquide, jeudi dernier, le 7 juin donc. Peut-on savoir pourquoi vous aviez besoin d'une telle somme en liquide ?

Nathalie se crispa. Elle s'était persuadée qu'on l'interrogerait sur la raison de sa présence à Saint-Guillaume la veille dans l'après-midi, et voici qu'on lui sortait tout d'abord l'histoire des 15 000 euros. Elle aurait dû se douter que la comptabilité de Mercillac ferait l'objet d'un examen détaillé.

— Nous vous écoutons, madame, fit Bérard.

— Je... C'est personnel, c'est une affaire privée. Suis-je vraiment obligée de vous répondre ?

— Autant le faire maintenant.

Nathalie regarda les deux hommes qui lui faisaient face. Elle les devinait tendus, peu disposés à se satisfaire de faux-semblants. Même le petit gros, qu'elle avait de prime abord jugé sympathique, avait une lueur de dureté dans le regard.

— J'étais victime d'un chantage.

— Un chantage ? À quel sujet ? S'il vous plaît, madame...

— Je vous en prie. Je tiens absolument à ce que mon mari soit tenu dans l'ignorance. Pouvez-vous me donner votre parole ?

Menotti leva la main et secoua la tête.

— Christian Mercillac a été assassiné. Nous devons rassembler tous les éléments qui nous permettront de découvrir celui ou celle qui en est responsable. Si nous pouvons laisser votre mari à l'écart de tout ça, nous le ferons, mais je ne peux rien vous promettre. C'est bien clair ?

Nathalie pinça les lèvres. Puis, aspirant une grande bouffée d'air, elle se lança d'un coup, d'une voix accélérée.

— J'ai reçu une lettre anonyme menaçant de révéler à mon mari que j'avais une liaison. J'ai trouvé cette lettre en rentrant à mon domicile, mardi dernier ; ou plutôt, c'est mon mari qui l'a récupérée dans la boîte aux lettres et me l'a remise, sans la lire, je précise, car nous ne décachetons jamais les courriers qui ne nous sont pas destinés. La lettre était suffisamment explicite dans son contenu pour prouver que celui qui me l'avait adressée n'ignorait rien de… ma situation. On me réclamait 15 000 euros en liquide pour prix du silence.

— Vous avez conservé cette lettre ?

— Non, évidemment. Je m'en suis débarrassée.

— Et, plutôt que de nous prévenir, vous avez préféré solliciter les bons offices de Christian Mercillac.

— J'étais affolée. L'auteur de la lettre m'assurait qu'en le payant je n'entendrais plus jamais parler de lui. Si l'on peut dire, je lui ai fait confiance… Et d'ailleurs, depuis, il ne m'a plus sollicitée.

— Où et quand s'est déroulée la remise de la rançon ?

— Jeudi dernier, vers minuit, près de la chapelle de Kermaria. C'est dans les bois de Kerabus, près de Plouhinec.

Menotti et Bérard échangèrent un regard appuyé, puis Menotti reprit :

— À quelle heure êtes-vous revenue chez vous après avoir déposé l'argent ?

— Vers une heure du matin.

— Votre mari pourrait en témoigner ?

— Bien sûr, mais je ne suis pas certaine qu'il m'ait entendue rentrer. Il use souvent de somnifères, et il dormait d'un sommeil profond lorsque je me suis couchée. Parce que c'est important ?

Menotti ne répondit pas directement.

— Je suppose que l'argent a bien été récupéré ?

Nathalie hocha la tête.

— Je m'en suis assurée dès le lendemain.

Avant de poursuivre, Menotti laissa s'écouler un moment.

— Madame Bramant, dans les circonstances actuelles, vous comprendrez que la confidentialité s'efface devant les nécessités de l'enquête. Nous devons connaître l'identité de votre ami.

Nathalie comprit qu'il ne servirait à rien de louvoyer. Il était évident que les deux enquêteurs ne la laisseraient pas en paix avant d'avoir obtenu les informations qu'ils désiraient.

— Daquer. Julien Daquer. Il est responsable de l'agence immobilière Ria Immo, à Belz.

— Vous l'avez mis au courant pour la lettre ?

— Oui, bien sûr. Il m'a d'ailleurs accompagnée la nuit du jeudi pour déposer l'argent à la chapelle de Kermaria.

— Et savez-vous à quelle heure il a rejoint son domicile ?

— Mais en même temps que moi. Je suppose qu'il a dû, lui aussi, rentrer vers une heure du matin.

— Avez-vous informé d'autres personnes de l'existence de cette lettre ?

Nathalie haussa les épaules.

— Bien sûr que non. Ce n'est pas le genre d'histoire que l'on va claironner.

— Avez-vous des soupçons concernant son auteur ?

— Absolument aucun. À part les propriétaires de… de l'hôtel où nous nous retrouvions, personne ne connaissait notre relation.

— Quel était cet hôtel ?

Une tension croissante s'empara de Nathalie qui se sentait blessée par cette intrusion dans sa vie privée. Elle n'avait qu'une hâte : voir ces deux hommes s'en aller.

— Le Cormoran, lâcha-t-elle d'une voix blanche. C'est un hôtel tout au bout de la presqu'île de Locoal.

Nathalie perçut nettement le mouvement de surprise que ne purent contrôler ses interlocuteurs.

Menotti inclina son long cou vers Nathalie.

— Tiens, tiens, Le Cormoran. Décidément, c'est l'établissement à la mode en ce moment. Bien, passons à autre chose. Où étiez-vous hier midi, entre douze et quatorze heures ?

Enfin nous y voilà, pensa Nathalie. Que faire ? Un instant, elle fut tentée de dire la vérité, puisqu'elle n'avait rien à cacher.

— Je déjeunais au Salon de Morgane, à Étel. Vous pouvez vérifier.

— Et au préalable, vous ne vous êtes pas rendue à un restaurant dénommé La Terrasse de Saint-Guillaume, dans le lieu du même nom ? Christian Mercillac y avait réservé une table pour deux personnes, hier midi. Juste après avoir découvert son cadavre, le patron a rencontré une jeune femme qui, selon sa description, vous ressemblerait étrangement.

— Non, je vous assure, je n'étais pas à ce restaurant. J'étais au Salon de Morgane. Interrogez donc la patronne.

Bérard intervint.

— Avez-vous prêté votre voiture hier midi ?

— Prêté ma voiture ? Non, pourquoi ?

— Parce qu'on nous a signalé qu'une Cooper blanche immatriculée 189ZX56 stationnait sur le parking du restaurant dont nous venons de parler, hier aux environs de douze heures trente. C'est bien votre véhicule, n'est-ce pas ?

Une bouffée de chaleur enveloppa Nathalie, et elle se sentit devenir rubescente, alors que Menotti et Bérard ne la quittaient plus des yeux. Elle était acculée. Biaiser plus avant était inutile. L'image de Mercillac allongé, mort, défila dans sa tête.

— Bon, d'accord, je suis idiote, ridicule. Je ne vous ai pas tout dit. C'est vrai, je suis allée à Saint-Guillaume hier midi. Mercillac m'avait invitée à déjeuner. Évidemment, ce n'était qu'un prétexte pour me faire la cour. Il m'avait rendu service et estimait avoir droit à une compensation ; ce que je n'étais, bien sûr, aucunement disposée à lui accorder. Sa voiture était garée sur le parking, mais lui n'était pas là. Lasse de l'attendre, je suis descendue vers le restaurant, et c'est alors que j'ai rencontré le patron, complètement affolé. Il venait de trouver le corps de Mercillac. Ma réaction a été stupide. J'ai pris peur, oui, peur des questions, et je suis repartie aussitôt, sans attendre, pendant que le patron s'éloignait pour téléphoner.

Nathalie percevait nettement le regard dubitatif des deux hommes.

— Pour l'amour du ciel, je vous jure que je n'ai rien à me reprocher. Je vous demande de me croire ! s'exclama-t-elle.

Menotti la regarda, plissant les yeux.

— Qui nous prouve que vous n'étiez pas déjà venue au restaurant, un peu plus tôt ? Vous auriez pu revenir parce que vous aviez oublié quelque chose de compromettant…

— Vous m'accusez d'avoir assassiné Christian Mercillac ? Mais c'est fou ! Pourquoi aurais-je fait ça ?

Menotti reprit, le ton égal, sans tenir compte de l'injonction de Nathalie.

— Allons, restons calme, madame. J'émets une simple supposition, une hypothèse, si vous préférez. Au fait, votre ami, ce Julien Daquer, était-il au courant de votre rendez-vous avec Christian Mercillac ?

— Eh bien, oui, j'étais avec lui lorsque Mercillac m'a téléphoné. Mais vous n'allez pas soupçonner Julien de…

Nathalie s'interrompit, incapable de finir sa phrase.

Menotti conserva le silence quelques instants, fixant Nathalie au fond des yeux.

Puis il reprit, changeant brusquement de registre.

— Connaissiez-vous maître Richard Doucy ?

— Maître Doucy ? Euh… Non, enfin cela dépend de ce que vous mettez derrière le terme « connaître ». C'est à son étude que mon mari et moi avons signé l'acte d'acquisition de cette maison. Mais je ne l'ai plus rencontré depuis. J'ai appris que lui aussi… avait été assassiné.

— Lui aussi, effectivement.

Menotti consulta Bérard du regard.

— Je crois qu'on a fait le tour de la question, du moins pour l'instant. Nous vous demanderons une confirmation de tout ce que vous venez de nous déclarer. Et je regrette, mais il est fort possible que nous ayons besoin d'interroger votre mari.

Les deux hommes se levèrent. Nathalie, toute pâle, en fit de même. Avant de prendre congé, Bérard désigna, près de la cheminée, un portrait à l'huile qu'il scrutait avec fascination.

— Je remarque les initiales « NB ». C'est vous qui avez fait ce portrait ?

— Oui. C'est celui d'une amie d'Étel.

— Une bien jolie femme, apprécia Bérard. Oui, très jolie. Vous avez beaucoup de talent.

Menotti s'arrêta sur le seuil de la porte, regarda Nathalie.

— C'est tellement plus simple de dire tout de suite la vérité, madame. Ça évite qu'on se fasse des idées.

Puis, sur un dernier salut, les deux hommes regagnèrent leur voiture.

— Dis donc, explique-moi d'où tu sors ce témoin qui aurait vu la voiture de notre cliente garée près du restaurant ?

Bérard émit un petit rire satisfait.

— J'y suis allé au bluff. D'après la description faite par le patron de La Terrasse, il y avait de fortes chances pour que la femme rencontrée près du restaurant et Nathalie Bramant ne constituent qu'une seule et même personne. En arrivant, j'avais repéré sa Cooper garée dans la cour, noté son numéro dans ma tête, et voilà.

— Parfois, tu m'épates, Bérard, fit Menotti en embrayant. Maintenant, occupons-nous du petit ami.

*

Sitôt le véhicule de la brigade de recherche hors de vue, Nathalie se précipita sur le téléphone pour avertir Julien. Celui-ci était à cran. Dans sa voix perçait la colère tandis qu'il interrompait son récit de jurons exaspérés.

— Mais, Julien, je ne pouvais faire autrement que dire toute la vérité sur le chantage, ma présence au restaurant de Saint-Guillaume, et bien sûr notre relation !

— Il te fallait gagner du temps, noyer le poisson. Tu as pourtant l'habitude de mentir, non ? À présent, je vais les avoir sur le dos, et je n'ai pas besoin de ça.

— Mais nous n'avons rien fait de mal. On ne peut rien nous reprocher.

Nathalie ne put poursuivre davantage. Julien Daquer avait raccroché brutalement. Elle prit sa tête entre ses mains, refoulant difficilement les sanglots. Qu'était-il donc arrivé à Julien ? Pourquoi un tel changement d'attitude ? Lui, toujours si prévenant, la traitait presque comme une étrangère. Des larmes, impossibles à contenir, ruisselèrent soudain sur ses joues. Une sensation de vide s'empara d'elle. Leur amour n'était-il qu'utopie ? Quelque chose dans l'attitude surprenante de son amant lui échappait. Un poids énorme l'oppressa. Le poison du doute se distillait dans tout son être. Qu'allait-elle devenir s'il disparaissait de sa vie ? Elle ne pouvait concevoir son existence sans lui, sans le piment des rendez-vous, leurs étreintes, leurs conversations animées, et cette sensation de prime jeunesse retrouvée. Comment se résigner à une vie de mensonges dans cette grande maison où elle aurait dû couler des jours heureux et qui n'offrait désormais que de l'ennui. Tout avait basculé, décidément, rien ne la retenait plus auprès de Georges.

De toute urgence, elle devait retrouver Julien pour qu'il s'explique, qu'elle comprenne ce qui lui arrivait, et qu'elle puisse le soutenir. Il traversait une mauvaise passe, il s'en expliquerait bientôt en tête-à-tête… Du moins essaya-t-elle de s'en persuader.

Au beau milieu de ses pensées moroses, elle se rappela qu'elle avait promis à son association, Rosavel, de bâtir la maquette de présentation de leur prochaine exposition et qu'elle devait se rendre à Rennes, le lendemain, pour rencontrer un exposant. *Comme on change*, pensa-t-elle : cette expo qu'elle préparait, il y a peu, avec enthousiasme était devenue la moindre de ses préoccupations.

Malgré ses soucis, Nathalie décida de se mettre au travail. Elle pénétra dans le bureau de Georges, s'assit devant l'ordinateur. Elle promena son regard sur le clavier, le tas de feuilles bien rangées et la boîte à crayons. Plusieurs fois, Georges lui avait proposé de faire l'acquisition d'un PC pour son seul usage, mais elle estimait ne pas s'en servir suffisamment pour justifier un tel achat. Ce n'était pas le cas de Georges qui ne comptait pas ses heures pour écrire cette satanée histoire de Port-Louis. Depuis le temps qu'il s'acharnait sur son travail, il ne devait pas être loin d'en avoir terminé. Y avait-il tant de choses à relater ? Par curiosité, elle ouvrit le fichier simplement nommé *Port-Louis* qui contenait l'« œuvre » de son mari. Avec étonnement, Nathalie constata que Georges ne progressait guère, il en était toujours au duc de Mercœur. À ce rythme, elle aurait peut-être fichu le camp avant que son bouquin ne soit terminé. Elle pensa à Jack Nicholson, le héros schizophrène du film *Shining* de Stanley Kubrick, qui s'est retiré dans un hôtel isolé pour écrire son bouquin. Quand sa femme veut vérifier l'avancement du roman, elle découvre sur la machine à écrire la même phrase imprimée des centaines de fois : « *Un tiens vaut mieux que deux tu l'auras, un tiens vaut mieux que deux tu l'auras, un tiens vaut mieux que deux tu l'auras…* »

Aucun rapport. Georges n'était pas fou, lui, c'était plutôt elle qui délirait. Depuis l'arrivée du courrier anonyme, elle éprouvait les plus grandes difficultés à raisonner sainement. Nathalie se figea soudain. Une pensée terrible l'assaillait. C'était Georges l'auteur de la lettre. Il avait découvert son infidélité et s'amusait à la persécuter. Ce serait bien digne de son esprit tortueux… Il n'avait pas eu beaucoup de chemin à faire pour déposer son torchon dans la boîte aux lettres… Fiévreusement, elle pianota sur le clavier, passant en revue les répertoires contenant les fichiers de son mari. Elle navigua dans la corbeille à la recherche de ceux en instance de suppression. Sa recherche fut vaine, bien entendu. Elle se traita d'imbécile. Jamais Georges n'aurait été assez bête pour conserver la trace de son courrier.

Nathalie se secoua. C'en était assez. Elle divaguait. Il lui fallait retrouver son sang-froid. Suspecter son mari était du dernier ridicule, de la paranoïa pure et simple. Elle changea rapidement d'écran, retrouva ses propres fichiers, et, malgré ses tourments, tenta de se concentrer sur son projet de maquette.

23

Mercredi 13 juin, 19 heures. Compagnie départementale de gendarmerie, à Lorient.

François Colombel se servit une nouvelle tasse de café. Du geste, il en proposa à ses adjoints qui refusèrent poliment. Une demi-heure plus tôt, Léon Bérard et Daniel Menotti étaient revenus au siège de la brigade de recherche, rue du Couëdic. Menotti, de sa voix chantante, achevait le compte rendu de la journée.

— Donc, après notre visite à madame Bramant, nous sommes retournés sur Belz dans l'intention d'interroger son petit copain, Julien Daquer. Nous avons d'abord fait un crochet par Étel, à la Morbihannaise de Crédit, l'agence de Christian Mercillac. Quatre employées nous ont reçus, toutes plus charmantes les unes que les autres, entre nous soit dit. N'est-ce pas, Bérard ?

Bérard souffla et haussa les épaules.

— Hypocrite, lui jeta Menotti. Tu n'arrêtais pas de reluquer la petite brunette préposée à l'accueil des clients. Ah, ça, il choisissait bien son personnel, Mercillac…

Menotti intercepta le regard agacé de Colombel et jugea bon de mettre fin à sa digression.

— Bon, comme vous l'imaginez, elles étaient encore toutes retournées suite à la mort de leur patron. Elles n'ont pas fait de difficultés pour répondre à nos questions, mais n'ont pas le moindre début d'explication quant au motif du meurtre. Mercillac rencontrait beaucoup de gens dans le cadre de son travail de responsable d'agence, il se déplaçait fréquemment à droite et à gauche. Il se révélait parfois de tempérament irascible, pouvait se montrer blessant à l'occasion, s'était même fâché avec certains partenaires de la banque, mais elles ne connaissaient personne qui lui en aurait voulu au point de le trucider. Sauf, ont-elles ajouté à l'unisson, à soupçonner un mari jaloux, car toutes quatre s'accordent sur le fait que Christian Mercillac était un sacré cavaleur. Bref, on restait un peu sur notre faim, mais de fil en aiguille, nos mignonnes ont fini malgré tout par lâcher quelque chose d'intéressant. Figurez-vous qu'il y a un peu plus d'une semaine, dans la matinée du mardi 5 juin, Mercillac a été rudement pris à partie par un visiteur. Et ce visiteur n'était autre que le responsable de Ria Immo, Julien Daquer en personne ! Le ton est monté tellement haut que des éclats de voix se percevaient jusque dans la salle d'accueil de l'agence. Les employées sont formelles. Daquer menaçait Mercillac en lui balançant des choses du genre : « Si vous refusez de m'aider, je vous jure que vous le regretterez, je sais des choses pas jolies sur votre compte. » Là-dessus, après de nouvelles invectives, Daquer s'en était allé, furieux. Mercillac, tout pâle, visiblement perturbé, était alors sorti de son bureau et aurait déclaré : « Je ne veux plus voir ce type. Il faudrait que j'aie perdu la raison pour avancer de l'argent à ce panier percé. »

— Hum, voilà peut-être une information importante, fit Colombel. Les employées de Mercillac savent-elles ce que Daquer pouvait avoir découvert de pas joli sur le compte de leur patron ?

Menotti secoua la tête.

— Rien de précis. Elles devinaient évidemment que la gestion de Mercillac était parfois à la limite de la réglementation, qu'il avait ses têtes pour ce qui était d'accorder du crédit, mais ça, c'était la cuisine interne de l'agence, Daquer était censé l'ignorer, et, de toute façon, ce n'était pas une raison pour le menacer si violemment.

— Daquer était client de la Morbihannaise de Crédit ?

— Oui, mais pas seulement. Il a aussi un compte au Crédit Populaire de l'Ouest et dans un autre établissement financier.

— Il faudra éplucher tout ça, faire le point sur sa situation financière. Et qu'a donné votre visite à ce Daquer ?

Menotti consulta Bérard qui fit un petit signe lui signifiant que puisqu'il avait commencé, autant poursuivre sur sa lancée.

— Nous sommes tombés sur un Julien Daquer très énervé qui ne tenait pas en place. Visiblement, notre venue le contrariait ; prétextant des rendez-vous, il n'avait que cinq minutes à nous accorder. On lui a fait comprendre qu'il y allait de son intérêt à se montrer coopératif et il a fini, non sans peine, par retrouver un peu de calme. Il a corroboré ce que Nathalie Bramant nous avait raconté. Cela fait un peu plus d'un an qu'ils sont amants. Leur rencontre avait lieu une fois par semaine au Cormoran. Daquer a confirmé le chantage dont était victime sa maîtresse et reconnu l'avoir assistée pour la remise de la rançon. Il ne voit pas, lui non plus, qui peut être à l'origine de ce chantage et nous a déclaré avoir insisté fermement, mais en vain, auprès de Nathalie Bramant pour qu'elle refuse de céder au maître chanteur. Lorsque nous en sommes venus à l'épisode de l'accrochage avec Mercillac, Daquer l'a fortement minimisé. Selon ses dires, il était juste venu emprunter un peu d'argent, 4000 ou 5000 euros environ, et s'il s'était irrité du refus de Mercillac de lui avancer une si petite somme, ce n'était pas au point de l'invectiver ! Ses propos ont été mal interprétés ou bien déformés par les employées de la Morbihannaise. Pour finir, il n'a pas d'alibi pour hier midi. Il était seul à son agence entre midi et quatorze heures. Sa secrétaire était rentrée chez elle pour déjeuner.

— Pour quelle raison voulait-il faire cet emprunt ?

— D'après ce qu'il a bien voulu nous confier, c'était pour financer des petits travaux de remise en état dans son appartement. Il loge juste au-dessus de son agence.

— Vous a-t-il appris autre chose d'intéressant ?

— Rien. Il était surtout soucieux de nous voir partir. Visiblement, quelque chose ou quelqu'un le préoccupe. À la réflexion, il nous a donné l'impression d'avoir peur.

— Peur ? Ou bien n'avait-il pas la conscience tranquille ?

— Peut-être bien les deux, répliqua Menotti.

Colombel se renversa dans son fauteuil, les mains derrière la tête, fermant les yeux quelques instants. Puis, après une sorte de grognement étouffé, il regarda ses adjoints.

— Voilà au moins du nouveau pour aujourd'hui. Maintenant, il va falloir remettre tout ça en ordre et voir ce qu'on peut en tirer. Les deux assassinats, celui perpétré sur la personne du notaire, maître Doucy, et celui dont a été victime Christian Mercillac, ont été commis avec une arme similaire : un 6,35 mm. Pour avoir la certitude qu'une seule et même arme a été utilisée, il faudrait la retrouver, ce que nous sommes incapables de faire pour l'instant. Cependant, tout nous porte à croire que nous nous trouvons en présence d'un meurtrier unique. Prenons d'abord le meurtre de Richard Doucy. Si nous faisons le tour de ceux qui ont partagé sa dernière nuit, on peut écarter Guermeur et Allison en tant que responsables de sa mort, car ils étaient toujours présents au Cormoran au moment du crime. Reste Mercillac qui a quitté l'hôtel en même temps que le notaire. Il apparaîtrait comme le suspect numéro un si nous avions un mobile, or nous n'en avons aucun. Mieux, les deux hommes semblaient parfaitement s'entendre. Cela posé, si nous retenons l'hypothèse d'un seul meurtrier, Christian Mercillac, si vous voulez bien me passer l'expression, est à éliminer puisqu'il a été lui-même assassiné.

Colombel s'interrompit quelques secondes avant de reprendre.

— Suspect numéro deux ou plutôt suspecte numéro deux : madame Anne-Laure Doucy. Elle avait plusieurs raisons sérieuses d'en vouloir à son mari : une vie de couple devenue inexistante, les virées mensuelles de son époux au Cormoran, sans oublier la blessure encore plus profonde que devait représenter la liaison du notaire avec la petite Soizic. La notairesse m'a donné l'impression d'une dame qui tenait à son rang, et se savoir ainsi bafouée devait lui être insupportable. Les circonstances de la mort de maître Doucy renforcent les soupçons pesant sur son épouse. Le notaire a été assassiné dans sa voiture, devant son domicile, par quelqu'un qui s'était introduit à l'arrière de la BMW. Il était aisé pour sa femme d'attendre son retour et de se glisser à l'arrière du véhicule sous un prétexte ou un autre. Mais alors, pourquoi liquider également Mercillac ? Nous ne disposons pas du moindre mobile. Par acquit de conscience, on vérifiera tout de même que madame Doucy possède un alibi pour hier midi, mais je ne la crois pas impliquée, du moins directement, dans nos affaires.

Colombel se leva de son fauteuil et poursuivit, marchant de long en large dans son bureau, ses adjoints le suivant du regard.

— Maintenant, rappelons-nous l'épisode du sachet de cocaïne trouvé dans la voiture de Doucy. Cela nous conduit à un suspect numéro trois, suspect qu'il convient peut-être de mettre au pluriel : un ou plusieurs individus, des dealers par exemple, attendent Doucy. Supposons qu'ils aient des raisons de lui en vouloir, ils lui règlent son compte. Mais bon sang, encore une fois, pourquoi s'en seraient-ils pris aussi à Mercillac ?

Colombel cessa brusquement de déambuler.

— Et puis, je ne vois pas Doucy, maître Richard Doucy, traiter avec des petites frappes. Je suis quasiment certain que c'est Peter Allison qui le fournissait. Dans le domaine du trafic des stupéfiants, celui-ci a d'ailleurs de sérieux antécédents dans son pays.

Colombel serra les poings.

— Je vais vous dire ce qui m'embête le plus : c'est que nous n'ayons pas encore retrouvé Allison. Il est plus qu'évident qu'il n'a pas la conscience tranquille. Je mettrais ma main au feu que notre Anglais aurait plein de choses intéressantes à nous apprendre sur Doucy et Mercillac.

— Et si Allison s'était tiré pour sauver sa peau ? fit Menotti. Doucy et Mercillac assassinés, il a pu prendre peur et craindre d'être le troisième sur la liste.

— C'est en effet une éventualité, répondit Colombel. Quelqu'un pourrait en vouloir à notre quatuor de bambocheurs du Cormoran. À ce propos, tu te chargeras de réinterroger le quatrième, Loïc Guermeur. La mort de Mercillac ne devrait pas le laisser indifférent. Il aura peut-être des choses nouvelles à nous apprendre.

Colombel reprit sa promenade à travers son bureau.

— Parlons à présent du meurtre de Christian Mercillac.

— Nous qui cherchons des mobiles, on en a au moins un, intervint Menotti. Julien Daquer, depuis que Mercillac lui a refusé un crédit, conserve une dent contre lui. Il apprend que ce même Mercillac a rendez-vous avec sa maîtresse. Au ressentiment causé par le refus de Mercillac de lui prêter de l'argent s'ajoute la jalousie, et il supprime celui qu'il subodore comme son rival.

— Et pourquoi aurait-il tué Doucy ? répliqua Colombel. Je te rappelle que nous nous plaçons dans l'optique d'un assassin unique.

Bérard, silencieux depuis le début de l'exposé colombellien, se tortilla sur sa chaise comme pour se concentrer, et prit la parole.

— Pour ma part, je vais plus loin que Menotti. Nous savons, elle l'a elle-même reconnu, que Nathalie Bramant est présente au restaurant de Saint-Guillaume à l'heure où Mercillac est tué. Julien Daquer pouvait lui aussi s'y trouver, sa maîtresse l'avait informé de son rendez-vous avec Mercillac, et il n'a pas d'alibi pour l'heure du meurtre. Et, comme le dit Menotti, il avait des raisons d'en vouloir à Mercillac. De plus, les mêmes Nathalie Bramant et Julien Daquer sont de sortie la nuit où Doucy est assassiné. Ça donne à réfléchir. N'oublions pas que notre couple fréquentait Le Cormoran, tout comme les deux victimes.

— Méfions-nous des coïncidences, Bérard, lâcha Colombel. Ce que tu avances est intéressant, mais pourquoi auraient-ils tué Doucy ? Et il y a une question dont j'aimerais obtenir la réponse, car ça me paraît très important : qui faisait chanter madame Bramant ?

— Justement, continua Bérard. Nous n'avons que la version des deux amants. Mais si ce chantage a bel et bien existé, l'auteur peut en être Doucy, ou bien Mercillac, qui ont pu apprendre par les patrons du Cormoran que Nathalie Bramant et l'agent immobilier fricotaient ensemble. Les deux amants ont pu vouloir se débarrasser de leur tourmenteur.

— Je ne vois pas le notaire ou Mercillac se livrer à ce petit jeu, grommela Colombel. L'un et l'autre ne semblaient pas avoir un besoin d'argent tel qu'il les conduise à cette extrémité. Non, ça ne colle pas.

— Évidemment, tout ça paraît pour le moins abracadabrant, intervint Menotti. Mais on en a vu d'autres en matière de chantage. Je me rappelle l'affaire Laurençot, quand j'étais sur Paris. Eh bien…

Colombel ne le laissa pas poursuivre.

— Restons ici, Menotti. Pas de digression inutile. Il nous faut absolument avancer. Bientôt, les médias parleront du *serial killer* qui sévit sur la ria d'Étel et, à juste titre, se poser des questions sur l'avancement de notre enquête… sans compter le procureur, Brindhomme, qui ne tardera pas à me tomber sur le râble.

Colombel se tut un instant, puis poursuivit.

— En définitive, dans notre histoire, tout laisse à penser que nous avons affaire à un seul et même meurtrier, mais quand on regarde le champ des suspects, on débouche sur des impossibilités ou des absences de mobiles. Après tout, contrairement aux apparences, nous sommes peut-être en présence de deux responsables bien distincts.

Colombel claqua des doigts.

— Il y a quelqu'un que nous n'avons pas encore rencontré et qui aurait peut-être des choses à nous dire : je veux parler de Georges Bramant, le mari de madame.

— Il est handicapé, répliqua Menotti, paraplégique suite à un accident de voiture.

— N'empêche que s'il pressentait l'infidélité de son épouse, il pouvait la pister et, soupçonnant Mercillac d'être l'amant, décider de le supprimer. Je trouve bizarre qu'il soit soudainement parti à Paris le lendemain du meurtre de Mercillac. Ça ne plaira pas à madame Bramant, mais on rendra une petite visite à son mari dès son retour de Paris. En attendant, demain, vous reprenez contact avec Guermeur. Cuisinez-le au sujet de la disparition d'Allison et de l'assassinat de Mercillac. Demandez-lui si à son avis, quelqu'un pouvait en vouloir à leur petit club, au point de perpétrer des assassinats. Moi, je vais réinterroger Mangin et sa copine. Peut-être bien qu'ils nous ont caché des choses.

Menotti fit la moue.

— Il y a trop de « peut-être » dans nos affaires. J'ai l'impression que tout le monde nous mène en bateau et que « peut-être » nous avons tout faux depuis le début.

— Impossible, répondit Colombel. Car si tout était faux, il serait faux que tout soit faux.

— Je vous demande pardon ? fit Menotti interloqué, tandis que Bérard ouvrait des yeux ronds comme des billes de loto.

— C'est une réplique au sophisme nietzschéen dont ma femme m'a entretenu une bonne partie de la soirée d'hier.

— Alors, bredouilla Bérard, alors, ça veut dire qu'il y a forcément quelque chose de vrai ?

— Exact, mon vieux Bérard, sourit Colombel en lui adressant un clin d'œil appuyé.

*

Il était près de vingt et une heures lorsque le commandant Colombel rejoignit son domicile. En dépit des incohérences, son intime conviction lui disait que les meurtres de Richard Doucy et Christian Mercillac étaient liés. Décidément, tout tournait autour du Cormoran et des membres du « club du jeudi ». Allison procurait probablement à Doucy la drogue dont celui-ci avait besoin… Mercillac maintenait à flot l'entreprise de Guermeur… Ce petit monde se serrait les coudes. Restait à savoir comment Daquer et Nathalie Bramant s'inscrivaient dans le circuit. Il cuisinerait Mangin et Lisette, sa compagne. Ceux-là en savaient certainement beaucoup plus qu'ils n'avaient consenti à le dire.

Le temps s'était remis à la chaleur comme en début de semaine précédente, et Colombel trouva sa femme dans leur chambre. En petite culotte et soutien-gorge, elle s'était installée devant leur secrétaire, plongée dans une lecture apparemment captivante.

Colombel se pencha derrière elle.

— Oh la la ! Encore d'épineux problèmes de sophisme et de scepticisme ?

— Pas du tout. Je lis un recueil de nouvelles libertines que m'a prêté un copain : *Les Fesses galantes* ! Tout un programme, n'est-ce pas ?

— Oh, je vois. Ça me convient beaucoup mieux, fit Colombel, tandis qu'il faisait descendre ses mains le long des seins de Françoise.

— Tu as vu l'heure ? Tu dois avoir faim, François.

— Mais justement. C'est tout à fait ça. Tu ne peux pas mieux dire…

24

Vendredi 15 juin, midi. Plage de Kerminihy.

Depuis un couple d'heures, la jeune femme exposait son corps au soleil dans la partie naturiste de la plage, à une centaine de mètres du blockhaus qui jouxte l'entrée de la rivière d'Étel. Un temps rêvé pour la bronzette, pensait-elle, alors que, ne trouvant rien de mieux à faire, elle se livrait à une observation critique des corps allongés sur le sable. Elle se tourna vers sa proche voisine qui, à ses côtés, dormait sur le ventre, et sourit à la vue des fesses qui se soulevaient régulièrement au rythme de la respiration de la belle dormeuse. Elle contempla avec envie le hâle irréprochable de son amie : à point celui-là ! À son grand dam, malgré un usage acharné de produits derniers cris, elle peinait à obtenir une peau légèrement ocrée.

Maudissant sa pigmentation ingrate, la jeune femme décida de se baigner. Une courte trempette serait la bienvenue, à la fois pour se réhydrater et pour satisfaire une petite envie pressante. Elle se dirigea d'une démarche nonchalante vers le bord de l'eau. Au loin, la barre frangeait l'océan de son rouleau d'écume Mais le temps était idéalement beau et la mer possédait ce jour une apparence tranquille qui lui convenait parfaitement. Elle maudissait les vagues qui venaient vous submerger à peine étiez-vous engagé sur deux ou trois mètres. Elle s'écarta d'un groupe de jeunes qui chahutaient bruyamment, marcha un peu sur le bord, se plaisant à faire jaillir des gerbes d'eau. La température était à son goût, point n'était besoin d'entrer sur la pointe des pieds pour amortir l'habituelle sensation de fraîcheur. Enfin prête pour la baignade, elle avança dans l'eau quand elle aperçut, quelques mètres devant elle, ce qu'elle prit d'abord pour une planche flottante. Elle s'en approcha jusqu'à mi-taille et poussa un cri de frayeur quand la chose entra à son contact et qu'elle reconnut, ballotté dans l'écume, le corps d'un homme.

*

Le corps fut porté jusqu'au poste de secours. L'homme était mort, probablement noyé, et ce, depuis pas mal de temps. Les deux surveillants de la plage l'allongèrent sur la grande table qui meublait le fond du poste, tandis qu'on partait au resto-bar voisin en quête d'un remontant pour la jeune femme qui avait fait la macabre découverte et semblait au bord de la crise de nerfs. Puis Éric, le responsable du poste, appela le CROSS[2] d'Étel. Les secours firent

2. *CROSS : Centre régional opérationnel de surveillance et de sauvetage.*

diligence et, vingt minutes après avoir reçu l'appel, le corps était pris en charge et transporté à l'hôpital d'Auray. Là, le docteur Nedellac, qui était de permanence, constata le décès et procéda aux premiers examens.

Le portefeuille que l'on retira du blouson de la victime contenait quelques billets et des papiers d'identité détrempés par l'eau de mer. Malgré tout, il fut possible de déchiffrer le nom de l'homme que le docteur Nedellac était en train d'examiner : Julien Daquer.

*

Au même moment, au téléphone, François Colombel terminait son topo auprès du procureur Brindhomme. Peter Allison avait été interpellé aux premières heures de la matinée, à Bordeaux, alors qu'il embarquait sur un cargo à destination du Brésil. Cependant, il n'avait encore rien révélé qui fasse progresser l'enquête. Laquelle enquête ne faisait d'ailleurs rien apparaître de nouveau, en dépit des investigations conduites auprès de Loïc Guermeur et des patrons du Cormoran. Georges Bramant, le mari de Nathalie, devait rentrer ce vendredi de Paris. Dès son arrivée, Colombel prendrait contact avec lui. Le commandant percevait l'impatience difficilement contenue du procureur. Brindhomme ponctuait ses remarques de « Je regrette que… » destinés à bien montrer à son interlocuteur sa contrariété face à l'absence de résultats tangibles.

On frappa à la porte du bureau de Colombel qui interrompit sa conversation.

Tout excité, un jeune factionnaire annonçait au commandant que le corps sans vie de Julien Daquer avait été découvert sur la plage de Kerminihy et transporté à l'hôpital d'Auray. Colombel reprit le téléphone et mit rapidement Brindhomme au courant et, sans lui laisser le temps de répliquer, l'avertit qu'il partait sur-le-champ pour Auray.

*

En compagnie de ses deux adjoints, Colombel reprit la route qu'il avait suivie en compagnie du seul Menotti il y avait exactement une semaine. Cette fois, il n'avait guère envie de s'attarder sur le charme du paysage. S'il s'agissait d'un meurtre, c'était le troisième en une semaine, et force était de constater que l'enquête n'avançait pas. Le sentiment d'impuissance qu'il ressentait devenait carrément insupportable.

À l'hôpital, tous trois, tendus à l'extrême, se dirigèrent vers la salle où reposait Julien Daquer. Pienel, le légiste, était déjà sur place. Après de courtes salutations, voyant le visage fermé du commandant, il renonça à ses habituelles blagues brassées d'humour noir et s'en tint à un simple exposé.

— J'estime que la mort remonte à environ vingt-quatre heures, les poumons sont gorgés d'eau, cependant la noyade n'est probablement pas la seule cause de la mort. Voyez.

Pienel fit délicatement pivoter le crâne de Julien Daquer. Une plaie profonde était visible à l'arrière droit de la tête.

— Cette partie du crâne a été enfoncée. Notre homme a reçu derrière la tête un coup violent.

— Suffisant pour le tuer ?

— Difficile à dire ; en tout cas, assez pour l'étourdir. Ensuite, il a pu tomber à l'eau, ou bien on l'a poussé.

— Donc, on pourrait être en présence d'un nouveau crime, murmura Colombel. Si le décès de Daquer remonte à vingt-quatre heures, où pouvait-il se trouver hier après-midi ?

— Ça, c'est votre boulot, les gars, rétorqua le légiste. Si mon client a des choses à raconter, l'autopsie pourrait nous en apprendre un peu plus.

Le silence qui s'ensuivit fut rompu par un petit raclement de gorge.

— Euh… Si je peux me permettre, j'ai peut-être une idée.

Les regards convergèrent vers le grand jeune homme en survêtement bleu qui se tenait tout seul, près de la porte.

— Je suis Éric Kerouan, le responsable d'un des postes de secours de la plage de Kerminihy. C'est à mon poste que le corps de ce malheureux a été amené. On m'a demandé de venir pour faire une déposition, car la jeune femme qui l'a découvert est en état de choc et indisponible pour l'instant. Hum… alors voilà ce que je veux dire. Je connais bien le coin. À certains moments, il y a de très forts courants qui ont pu entraîner le corps vers le rivage. À mon avis, il est possible que ce malheureux se soit trouvé sur un bateau au large quand il est tombé à l'eau. Il y a environ une dizaine d'années, nous avons eu un cas semblable.

— Peut-être... Pourquoi pas, murmura Colombel. C'est une piste à explorer. De toute façon, on n'a rien de mieux pour le moment.

Il prit Bérard et Menotti à part.

— Procurez-vous chacun un véhicule auprès des collègues d'Auray. Bérard, pour commencer, tu vas sur le port d'Étel. Vois avec la capitainerie ce qu'ils peuvent nous dire sur les allées et venues de bateaux, la journée d'hier. Toi, Menotti, tu te rends chez Daquer. Tu me passes l'agence au peigne fin. Fais-toi assister de toutes les compétences utiles. Quant à moi, je file chez Nathalie Bramant.

25

Vendredi 15 juin, 16 heures. Domicile de Nathalie Bramant, villa L'Éolienne.

Nathalie Bramant, le visage décomposé, demeurait pétrifiée sur sa chaise ; un léger tremblement agitait ses lèvres. Quelques minutes plus tôt, Colombel lui avait appris la mort de Julien Daquer.

— Je craignais qu'il ne lui arrive quelque chose de grave… Mais sa mort… non, c'est trop affreux… Il ne mérite pas ça… Nous ne méritons pas ça…

— Vous craigniez qu'il ne lui arrive quelque chose ? Que redoutiez-vous ? demanda doucement Colombel.

Nathalie ne put répondre. Un flot de larmes la submergea. La tête entre les mains, elle fut secouée de longs sanglots. Colombel, mal à l'aise, regardait la jeune femme dévastée par le chagrin. De toutes ses responsabilités de policier, celle qu'il exécrait le plus était de se trouver contraint de jouer le rôle de sinistre messager du destin. Il réprima l'envie de poser sa main sur l'épaule de la jeune femme.

— Madame Bramant, reprit-il posément. Pour l'instant, rien ne nous autorise à penser qu'il ne puisse s'agir d'autre chose que d'un accident. Pourtant, vous semblez me dire que vous redoutiez qu'il ne survienne quelque chose de grave à monsieur Daquer. Pouvez-vous être plus explicite ?

Lentement, Nathalie releva la tête vers le commandant. Faisant un effort visible pour se ressaisir, elle prit un mouchoir et s'en essuya longuement les yeux. Enfin, d'une voix ténue, elle reprit la parole :

— Julien avait changé depuis plusieurs jours. Il était inquiet, tourmenté. Il avait peur de quelque chose ou de quelqu'un. Pour la première fois, il s'était montré désagréable envers moi.

La voix brisée, Nathalie hoqueta avant de continuer :

— Mais pourquoi ne m'a-t-il rien dit ? Je l'aurais aidé et je suis sûre qu'il serait encore vivant.

— Quand avez-vous rencontré monsieur Daquer pour la dernière fois ?

— Lundi. Nous avions rendez-vous. C'est à ce moment que j'ai pris conscience qu'il n'allait pas bien. Et la dernière fois que je lui ai parlé, c'était avant-hier, mercredi, au téléphone, après la visite de vos inspecteurs. Il était très irrité, plus que cela, en colère.

— En colère. Pour quelles raisons ?

— Il disait… Il disait qu'il avait suffisamment d'ennuis en ce moment sans que la police vienne en rajouter.

— Et depuis ?

— Toute la journée d'hier, j'ai vainement tenté de le joindre. Toutefois, Corinne m'a appelée et un peu rassurée. Julien était passé la voir en coup de vent le midi. Il lui avait dit que je ne devais pas m'en faire, que ses problèmes étaient sur le point de se résoudre, qu'il m'expliquerait tout bientôt.

— Corinne ? Qui est Corinne ?

— Corinne Garec. Elle possède un magasin de vêtements, La Brigantine, à Étel. Une amie, nous sommes très proches, elle et moi. Elle seule était au courant pour Julien et moi.

— Écoutez, madame Bramant, je vais avoir besoin de toute votre aide pour éclaircir les causes du décès de Julien Daquer. Si quelqu'un est responsable de sa mort, je suppose que vous tenez autant que moi à ce que je l'identifie. Aussi, ne devez-vous absolument rien me cacher, le comprenez-vous ?

Nathalie prit un autre mouchoir en papier, s'en frotta les yeux, hocha la tête.

— Bien. Avant toute chose, où étiez-vous hier après-midi ?

Nathalie, interloquée, observa le commissaire.

— J'ai passé la journée à Rennes pour préparer le vernissage de la prochaine exposition de mon association, Rosavel. J'étais d'ailleurs encore à Rennes lorsque j'ai reçu l'appel de Corinne. J'ai rencontré un artiste pour choisir avec lui les créations qu'il pourrait présenter. Il était installé à Locoal-Mendon avant de partir à Rennes. Je peux vous donner son nom, si vous le désirez.

— Nous verrons cela plus tard. À quelle heure êtes-vous rentrée ?

— J'ai quitté mon domicile de bonne heure, vers neuf heures, et j'étais de retour vers dix-sept heures.

— Et votre mari ? Où se trouve-t-il ? Toujours à Paris ?

— Comme je l'ai déjà expliqué à vos adjoints, mon mari est parti mercredi matin pour Paris. Il a pris le train à Lorient. Il devait rencontrer ses anciens associés. Il m'a téléphoné hier soir, l'entretien s'était bien passé. Il rentre aujourd'hui. (Nathalie consulta sa montre.) D'ailleurs, il devrait déjà être de retour.

— Votre mari était-il au courant de votre liaison avec monsieur Daquer ?

Nathalie eut un bref haussement d'épaules.

— On ne sait jamais avec Georges. Il garde tout pour lui, s'épanche difficilement. J'ai toujours voulu éviter de le faire souffrir... Mais maintenant, ça n'a plus aucune importance.

Nathalie tamponna de nouveau ses yeux mouillés de larmes et se moucha. Elle s'excusa.

— Je vous offre un spectacle bien lamentable, n'est-ce pas ?

Colombel n'eut pas le loisir de répondre. Son mobile s'était mis à sonner.

— Bérard ? Déjà ? Tu as du neuf ? Quoi ? Tu peux me répéter ça ?... Et ils en sont sûrs ?... Bon, d'accord, à tout à l'heure.

Colombel referma son portable. Il se retourna lentement vers Nathalie qui l'interrogeait du regard. Ce que venait de lui apprendre Bérard lui faisait l'effet d'une bombe.

— La capitainerie du port d'Étel vient d'aviser mon adjoint que vous avez sorti votre voilier, le *Genath*, hier après-midi. Auparavant, un homme vous avait rejointe à bord. Un homme grand, aux cheveux blonds. Ne s'agirait-il pas de Julien Daquer ? Que dites-vous de ça ?

Nathalie considéra Colombel, ses traits chiffonnés par la souffrance trahissant la stupéfaction.

Elle balbutia :

— Mais c'est impossible, impossible, je vous ai dit que j'étais à Rennes.

— Qui me prouve que vous n'êtes pas rentrée avant dix-sept heures ? La capitainerie vous a vue monter à bord de votre bateau à seize heures. Un quart d'heure après, un homme vous retrouvait. Après avoir franchi la barre, vous avez mis le cap au sud-est. Vous êtes revenue, seule cette fois, deux heures plus tard. Et voici que le corps de votre amant s'est échoué aujourd'hui sur la plage de Kerminihy, la plage que vous avez longée lors de votre parcours. Que s'est-il exactement passé à bord de votre bateau ? Julien Daquer a reçu un coup derrière la tête. Comment est-ce arrivé ?

Nathalie secouait nerveusement la tête.

— C'est une erreur. Ça ne peut être moi. À mon retour de Rennes, je suis restée chez moi à faire des courriers.

— Quelqu'un vous a-t-il vue ? Avez-vous téléphoné ?

— Non. Notre maison est retirée, comme vous pouvez le constater. Et je n'ai pas téléphoné, ni reçu d'appels. C'est insensé, absurde !

Sa voix se brisa.

— Pourquoi me harcelez-vous ? Si je savais quelque chose, je vous le dirais, Julien était tout pour moi !

*

Bérard avait rejoint L'Éolienne. Sous le feu des questions, Nathalie opposait toujours une résistance opiniâtre. Colombel prit Bérard à part.

— Il va falloir organiser une confrontation avec les gars de la capitainerie. Je t'avoue que j'ai des doutes. Si elle voulait se débarrasser de son amant, je suppose qu'elle pouvait avoir des occasions de le faire sans être obligée de se promener sur le port d'Étel, au risque d'être reconnue. De plus, son chagrin me semble bien réel.

— Peut-être s'agit-il d'un accident. Sur le bateau, une dispute a pu éclater. Il voulait peut-être la larguer, et elle ne l'a pas supporté. Il n'empêche qu'elle peut en subir le contrecoup et que, comme vous dites, son chagrin est bien réel.

Un bruit de moteur, suivi d'un coup de frein brutal, se firent entendre. Tous les trois levèrent la tête.

— Georges ? fit Nathalie.

Mais Daniel Menotti faisait une entrée en trombe dans le salon, surexcité et apparemment très content de lui. Il tendit une feuille de papier à Colombel.

— Tenez, voici ce que nos spécialistes viennent de tirer du disque dur de l'ordinateur de Julien Daquer.

Colombel regarda le feuillet, les sourcils froncés. Consterné, il prit connaissance du texte.

Ensuite, il se tourna vers Nathalie.

— Vous avez bien été victime de chantage. Ceci doit vous rappeler quelque chose.

Colombel, à voix haute, débuta la lecture du papier apporté par Menotti :

Chère Nathalie,

Il serait, je crois, fort désagréable à votre pauvre infirme de mari d'apprendre que sa chère petite femme s'envoie en l'air chaque lundi après-midi au Cormoran...

Quand il en eut fini, un silence écrasant s'installa.

— Vous comprenez ce que cela signifie, madame Bramant. C'est votre amant, Julien Daquer, qui par ce chantage vous a extorqué de l'argent.

— Ce n'est pas vrai ! hurla Nathalie. (Les mots se bousculaient dans sa bouche.) On s'est servi de son ordinateur ! Vous n'avez pas le droit de le suspecter ! Julien était incapable de faire une chose pareille ! D'ailleurs, il ne voulait pas que je cède au chantage.

Menotti vint camper sa longue silhouette devant Nathalie.

— Quand vous avez découvert la vérité, vous avez décidé de tuer votre amant. Notez que, d'une certaine façon, ça peut se comprendre. Dans le genre ignoble, on fait difficilement pire.

Incrédule, Nathalie regardait devant elle. Quand elle s'exprima, ce fut d'une voix à peine audible.

— Mais... Si Julien avait eu besoin d'argent... Il n'avait qu'à me le demander. Je lui aurais donné tout ce dont il avait besoin. Vous voyez bien que vous vous trompez.

Menotti se pencha vers elle, tout près de son visage, la fixant durement.

— Avant-hier, lors de notre première visite, vous avez d'abord nié vous être rendue au restaurant de Saint-Guillaume avant de vous rétracter un peu plus tard. Et voilà que vous recommencez à refuser l'évidence. Ma parole, c'est une habitude chez vous ! Allons, dites-nous tout de suite la vérité ! À quoi bon vous obstiner, puisqu'on vous a reconnue sur le port ?

Pour toute réponse, Nathalie se contenta de secouer mécaniquement la tête. Colombel regarda ses adjoints, puis s'adressa à Nathalie.

— Madame Bramant, je suis dans l'obligation de vous faire placer en garde à vue.

Il prit son portable.

— Ici Colombel. Il me faut deux hommes. C'est pour un transfert à Lorient. Une garde à vue. Nathalie Bramant. Villa L'Éolienne, chemin de Porh-Kemen, à la pointe de Gâvres.

Colombel éteignit son portable et fit signe à Bérard et Menotti de le rejoindre dans un coin du salon. Il s'exprima à voix basse. :

— Je reste ici avec elle en attendant qu'on la transfère à Lorient. Vous deux, allez jusqu'à ce magasin, La Brigantine, à Étel. Il paraît que Corinne Garec, la propriétaire, une grande amie de madame Bramant, aurait reçu la visite de Julien Daquer hier midi. Celui-ci lui aurait demandé de tranquilliser son amie, promettant de s'expliquer bientôt avec elle. Tirez-moi ça au clair.

Quand ses deux adjoints furent partis, Colombel se tourna vers Nathalie, prostrée sur sa chaise. Il ne pouvait se défendre d'un sentiment de pitié à l'égard de la jeune femme. Si jeune, si belle, et son existence gâchée.

Il y en a quand même un que j'ai hâte d'entendre, songea-t-il. *C'est son mari. J'espère qu'il ne va pas tarder à réapparaître.*

26

Bérard et Menotti trouvèrent porte close à La Brigantine. Ne sachant que faire, Menotti arpentait le trottoir tandis que Bérard, curieux de nature, jetait un coup d'œil à travers la vitre.

— Bon, tu viens ? s'écria Menotti. On ne va pas s'éterniser. On repassera plus tard. La propriétaire, cette Corinne Garec, finira bien par revenir. Au fait, Bérard, Garec, c'est Garec comment ?

Bérard se retourna, l'air ahuri.

— Garec ?

— Ben oui, Garec.

— Heu, Garec-to verso.

— Ah ben voilà, tu en as mis du temps.

— C'est que… J'étais en train de me demander… fit Bérard l'air perplexe. Approche, Menotti. Viens à côté de moi. Que vois-tu au fond de la boutique ?

Menotti colla son front à la vitre, mettant sa main en visière pour masquer les reflets du soleil.

— Des robes, des maillots de bain, tout un tas de fringues pour femmes.

— Contre le mur, sur la droite.

— Contre le mur, à droite ? On dirait des perruques.

— Exactement, et sais-tu l'idée qui me vient comme ça ?

Menotti ne voyait pas où son collègue voulait en venir, mais il lui répondit poliment, sachant par expérience qu'il ne servait à rien de l'interrompre, Bérard allant toujours jusqu'au bout de ses raisonnements.

— Je t'écoute, mon vieux.

— Tu te souviens, il y a deux jours, quand nous étions chez Nathalie Bramant, j'ai remarqué un superbe portrait de femme dans son salon.

— Tu étais extatique, Bérard.

— N'eût été la blondeur des cheveux, j'aurais juré que Nathalie Bramant avait réalisé son autoportrait. Mais en réalité, elle nous a dit avoir fait le portrait d'une amie d'Étel. Et s'il s'agissait de celui de Corinne Garec ? Les deux femmes ont une étrange ressemblance. Maintenant, regarde cette perruque brune. Imagine que notre Corinne s'en coiffe pour se rendre sur le port d'Étel. Vue de la capitainerie, on pourrait la confondre avec Nathalie Bramant.

Bérard se tut, laissant Menotti digérer ses réflexions. Puis il ajouta :

— Rappelle-toi la façon dont Colombel a cuisiné madame Bramant. Elle n'a pas craqué. Si vraiment elle est coupable, c'est la reine des comédiennes. Elle mérite un oscar. D'ailleurs, vois-tu, je ne suis pas certain que le patron soit persuadé de sa culpabilité.

— Mais pour quelles raisons la Garec se serait-elle déguisée ? fit Menotti avec une moue dubitative.

*

Les deux agents requis par Colombel arrivaient à L'Éolienne.

— Avant votre transfert à la brigade de recherche de Lorient, vous êtes, bien entendu, en droit de prévenir votre mari, énonça Colombel à l'adresse de Nathalie.

Nathalie acquiesça et, la main tremblante, saisit son portable. Georges ne répondant pas, d'une voix hésitante, elle laissa un message succinct. Colombel l'invita à monter dans la voiture qui la conduirait à Lorient, pour une garde à vue de vingt-quatre heures minimum.

La voiture emmenant Nathalie atteignait les grilles de la propriété, lorsqu'elle stoppa net. Une portière à l'arrière s'ouvrit, et elle sortit vivement du véhicule. Elle courut à la rencontre de Colombel. Haletante, la jeune femme interpella Colombel.

— Comme j'allais remettre mon téléphone à vos agents, j'ai reçu un appel. C'est mon mari. Il m'avertit qu'il est à Port-Bara, sur la Côte Sauvage de la presqu'île de Quiberon. Il y retrouve Corinne. Corinne Garec.

Colombel prit son portable, appela Menotti.

— Filez au plus vite vers la Côte Sauvage de Quiberon, à Port-Bara plus exactement. Georges Bramant doit y être avec Corinne Garec. Vous les interpellez en tant que témoins et me les ramenez immédiatement ici.

Menotti, en retour, résuma en quelques phrases brèves l'hypothèse de Bérard. Colombel referma son portable en grognant. Il se tourna vers Nathalie et désigna la maison.

— Venez avec moi. Rentrons dans votre villa. On va y attendre votre mari et votre amie.

*

Menotti démarra en trombe. Appuyant à fond sur l'accélérateur, il entama un savant gymkhana pour sortir au plus vite d'Étel.

Là, rien à dire, il est vraiment à son affaire, apprécia Bérard en jetant un coup d'œil furtif à son collègue qui, mâchoires serrées, pleins phares et gyrophare allumé, se frayait un passage en force sur la route menant à Port-Bara.

27

Ils cheminaient sur le sentier piétonnier, Georges Bramant, dans son fauteuil que les accidents du terrain faisaient cahoter, et Corinne Garec, légèrement en retrait, à cause de l'étroitesse du passage. Dans le ciel limpide, des oiseaux de mer dessinaient de savantes arabesques. En contrebas, l'océan éclatait en bandes d'écume verte et blanche sur les pointes rocheuses.

Georges, la tête tournée de côté vers Corinne, s'exprimait d'une voix monocorde. Son visage trahissait une extrême lassitude.

— Comment aurais-je pu oublier ce qui s'est passé cette nuit-là ? Si le temps avait eu le pouvoir d'en estomper le souvenir, mon invalidité est là, bien présente, pour m'en rappeler la cruelle réalité. Je crois n'avoir pas vécu un jour sans y repenser et sans être rongé par le remords. Il fallait bien qu'à un moment ou un autre, nous ayons cette discussion, Corinne. J'ai bien trop tardé, et je n'ai pu vous empêcher de commettre l'irrémédiable. Sans les événements de ces derniers jours, peut-être en serais-je encore à tout remettre au lendemain. Mais la mort de Doucy et de Mercillac a précipité les choses. C'est pourquoi je vous ai appelée de Paris pour provoquer cette rencontre.

— Commettre l'irrémédiable ! Vous avez de ces expressions ! On se croirait dans un mauvais mélodrame. Exprimez-vous donc clairement !

— Lorsque j'ai appris le meurtre de Doucy, j'ai aussitôt pensé à vous, Corinne, à ce qui vous était arrivé au Cormoran. Je n'avais bien sûr aucune preuve, mais un simple pressentiment. Quand Mercillac a été tué, j'ai compris. Ce jour-là, sans qu'elle s'en doute, j'avais suivi Nathalie. C'est la jalousie qui me poussait. Je soupçonnais ma femme d'avoir un amant.

— Ça faisait un moment qu'elle vous trompait avec le beau Julien Daquer ! l'interrompit Corinne.

Georges poursuivit sans répondre.

— J'ai aperçu, de loin, Nathalie qui garait sa Cooper au parking de La Terrasse de Saint-Guillaume, près de la voiture de Mercillac. Je suis revenu dissimuler ma voiture dans un chemin creux. Au bout d'une demi-heure, je l'ai vue qui passait devant mon chemin à vive allure. Peu après, c'était votre tour de filer devant moi. Vous aviez dû trouver un endroit discret pour cacher votre véhicule. Lorsque j'ai appris la mort de Mercillac, ce fut une évidence pour moi : vous en étiez la responsable.

— Quelle imagination, monsieur Bramant !

— Oh non, je n'imagine rien. Ce que je dis est bien réel. Vous avez décidé de vous venger, n'est-ce pas ? Après tout ce temps ?

Corinne referma la main, telle une serre, sur l'épaule de Georges.

— Le temps n'efface rien ! s'emporta-t-elle. Ce sont les circonstances qui commandent.

Elle émit un rire sans joie.

— Voyez comme c'est bizarre. Il a suffi d'une phrase de la petite salope de Doucy, Soizic Morel, pour tout déclencher. Toute la haine enfouie en moi a refait surface. J'ai compris que le moment était venu. Après, comme je vous l'ai dit, ce sont les circonstances qui m'ont servie.

— En un sens, je vous comprends, Corinne.

— Ah non, pas de compassion ! Si vous deviez faire quelque chose pour moi, c'était cette nuit-là qu'il fallait intervenir. Mais vous n'avez pas eu un geste, pas une parole pour empêcher ces salauds de... de me souiller... de m'humilier. Vous vous êtes enfui comme un poltron, un lâche que vous êtes ! Votre fuite vous a rendu complice !

— Si vous saviez comme je ne cesse de me le reprocher ! C'était une des premières fois que je me rendais à leurs soirées et j'ignorais que les choses pourraient aller si loin. Et puis, j'avais tellement bu, moi qui supporte mal l'alcool. Mais ce n'est pas une excuse. C'est vrai, je reconnais m'être enfui. Je l'ai payé très cher. Et je ne parle pas seulement de mon handicap physique. Depuis la mort de Doucy et de Mercillac, c'est encore pire. Les vieux démons ont ressurgi avec plus de force encore. J'ai perdu le sommeil, je suis devenu incapable de faire quoi que ce soit.

Corinne ricana.

— Alors ça, ça me fait une belle jambe, ou plutôt, non, c'est à vous que ça fait de belles jambes !

Ils poursuivirent en silence sur l'étroit sentier. Georges percevait sur sa nuque le souffle haletant de la respiration de Corinne.

— Vous ne saurez jamais ce que j'ai enduré, reprit Corinne. Seule une femme peut le comprendre.

— Vous voulez continuer à vous venger, Corinne ?

Elle éclata à nouveau de rire, un rire strident.

— Mais certainement, je m'occuperai de Guermeur et de ce salaud d'Anglais, aussi.

— Ma pauvre Corinne, ils vous ont rendue folle.

Corinne saisit le haut du fauteuil roulant, enfonçant ses ongles dans le dossier.

— Ne me traitez pas de folle, hurla-t-elle. Et je ne suis pas votre pauvre Corinne. Parce que vous vous imaginez être quitte avec vos remords hypocrites ! Mais de vous aussi, je vais m'occuper. Vous êtes aussi coupable que les autres, sinon davantage !

*

Menotti quitta la route et engagea la voiture dans le chemin pierreux qui conduisait aux confins de la falaise de Port-Bara. Cent mètres devant eux, une femme agitait les bras avec véhémence, près d'un homme en fauteuil roulant. Menotti écrasa la pédale de l'accélérateur.

*

Corinne entendit un bruit de freins, se retourna pour voir la voiture qui s'arrêtait dans un nuage de poussière sur le terre-plein tout proche. Deux hommes en surgissaient, courant vers elle, criant des choses qu'elle ne comprenait pas. Elle se cramponna au fauteuil de Georges et le propulsa vers le bord de la falaise. Dans un ultime réflexe, Georges actionna le frein ; le brutal coup d'arrêt le projeta dans le vide.

Menotti dégaina lorsqu'il vit Corinne Garec sortir une arme de son sac. Il fit feu et elle s'effondra sur le chemin, au bord du gouffre.

28

Vendredi 15 juin, dans la soirée. Déposition de Corinne Garec, reçue par le commandant François Colombel.

— Je suis arrivée à Étel il y a trois ans. Mon père, que j'assistais sur les marchés de la région, venait de décéder. Ma mère était morte également, quelques années auparavant. J'avais trente ans, j'étais seule dans la vie, et lasse de cette existence itinérante.

« Je trouvai assez rapidement un emploi de caissière dans un centre commercial. Je n'escomptais pas rester très longtemps salariée dans cette supérette, mon but était de monter un petit commerce bien à moi, qui m'apporterait l'indépendance. Un an après mon arrivée, dans une boîte où j'avais l'habitude d'aller danser, je fis la connaissance de Christian Mercillac. Il se montra tout de suite attentionné et drôle. Lorsqu'il m'invita à danser, il évita de me peloter comme faisaient la plupart des autres et n'essaya pas de coucher avec moi dès le premier soir. En fait, Mercillac connaissait les femmes et s'était rendu compte qu'il ne gagnerait rien à me brusquer. C'était un bon point pour lui. De plus, son poste de directeur de l'agence de la Morbihannaise de Crédit plaidait en sa faveur. Je m'étais ouverte auprès de lui de mon désir de créer un commerce, et Mercillac m'avait laissé entendre que sa banque pourrait soutenir mon projet. Peu après, je devins sa maîtresse.

« Pendant un temps, tout se passa bien. Il fit preuve de gentillesse et de prévenance. Mais peu à peu, il devint plus exigeant. Il me proposa de faire la connaissance de ses amis qui formaient une sorte de club, m'expliqua-t-il. Ils se réunissaient tous les premiers jeudis du mois pour passer un bon moment entre copains. Pour me décider, il ajouta qu'ils avaient également l'habitude d'amener leurs copines. C'est ainsi qu'il y a dix-huit mois, en décembre, Mercillac m'entraîna dans une de leurs fameuses soirées. Cela se passait au Cormoran, un petit hôtel-restaurant très retiré, sur la presqu'île de Locoal. Il y avait là quatre autres hommes que Mercillac me présenta comme ses amis : Richard Doucy, Loïc Guermeur, Peter Allison et Georges Bramant. Deux femmes, que je trouvai extrêmement vulgaires, étaient également présentes. Très vite, nos verres furent remplis d'alcool et l'on trinqua sous n'importe quel prétexte. Je n'avais pas l'habitude d'en boire de telles quantités, et rapidement la tête commença à me tourner. Les esprits s'échauffaient, les propos devenaient crus. L'ambiance me pesait et j'aurais souhaité déjà m'en aller, mais j'étais tributaire de Mercillac qui m'avait emmenée en voiture. Bientôt, les deux filles furent à moitié déshabillées, et les hommes s'agglutinaient autour d'elles, à l'exception toutefois de Georges Bramant. Mercillac me demanda de me dévêtir à mon tour. Je hurlai que je voulais m'en aller, je le suppliai de me ramener, mais il ne voulait rien entendre. Seul Bramant semblait gêné de ce qui se passait, mais il ne faisait rien pour s'y opposer. Je n'ai pas oublié une minute de ces instants horribles où Mercillac et Allison m'ont forcée à me déshabiller, à m'agenouiller. Lorsque Bramant s'est levé, j'ai espéré de tout mon cœur qu'il intervienne, mais il est parti sans rien dire ni faire. Alors, tous, à tour de rôle, m'ont prise, soumise à leurs instincts de brutes. Mercillac m'a reconduite au petit matin. En quittant Le Cormoran, seule la compagne du patron m'a jeté un regard où j'ai pu déceler un peu de pitié.

« Dans la matinée, Mercillac est venu me rendre visite, à mon domicile, car j'étais bien entendu dans l'impossibilité de travailler. Il disait qu'il regrettait, s'excusait de ce qui s'était passé, mettait tout sur le compte de l'alcool. Je lui criai de s'en aller, de disparaître de mon existence. J'ajoutai que j'allais porter plainte et n'aurais de cesse que de le faire condamner, ainsi que les autres. Alors, il me dit qu'il avait une proposition à me faire. Ses amis et lui, conscients du tort qu'ils m'avaient causé, voulaient réparer. Chacun des quatre m'offrait une somme d'argent assez rondelette pour me dédommager. Ainsi, me dit-il, je pourrais créer le commerce de vêtements dont j'avais envie.

« Surprise et blessée par cette offre, je la rejetai tout d'abord violemment. Mercillac me croyait-il donc à ce point dépourvue d'amour-propre ? Mais, peu à peu, une petite voix se fit entendre au fond de moi. C'était l'occasion de sortir de ma précarité, de concrétiser mes ambitions.

« Et j'eus l'insigne faiblesse d'accepter l'odieux marchandage : un commerce avec pignon sur rue en échange de la renonciation à ma plainte. Je revois encore le petit sourire narquois qu'il ne put dissimuler quand je lui donnai mon accord. Rassuré sur mes intentions, Mercillac me souhaita d'oublier rapidement le désagrément qu'il m'avait occasionné. Sur le seuil de ma chambre, il s'arrêta pour m'annoncer d'un ton léger que Georges Bramant avait eu un terrible accident en rentrant chez lui, et que, si ses jours n'étaient pas en danger, il resterait probablement paralysé toute sa vie. Comme quoi, ajouta-t-il cyniquement, il ne fallait pas prendre le volant quand on avait trop bu.

« Avec l'argent de la honte, je pus acheter un pas-de-porte, à Étel, et monter La Brigantine. J'avais réalisé mon rêve, mais à quel prix ! En consentant à cette transaction sordide, je m'étais déshonorée pour le restant de ma vie. En fait, l'acceptation de leur offre représentait une deuxième soumission à leur volonté. Dès lors, je sus que la haine que j'éprouvais pour ceux qui m'avaient violentée ne me quitterait jamais.

« Peu de temps après avoir ouvert La Brigantine, je rencontrai une jeune femme qui venait de quitter la région parisienne et s'était établie avec son mari à la pointe de Gâvres. Nous sympathisâmes. Nous avions à peu près le même âge, une ressemblance frappante, à part nos couleurs de cheveux, et des goûts en commun. Au cours d'une conversation, ma nouvelle amie me raconta que son mari avait été victime, quelques semaines auparavant, d'un grave accident de voiture qui l'avait laissé paraplégique. De fil en aiguille, je compris que le sort m'avait fait rencontrer l'épouse de celui qui m'avait abandonnée lors de cette abominable soirée. D'un coup, je regardai Nathalie avec des yeux différents. Être l'épouse de Bramant écornait le capital de sympathie que j'avais eu pour elle. Finalement, la ressemblance entre nous s'arrêtait au physique. Je ne voyais plus en elle qu'une petite bourgeoise dont l'existence, contrairement à la mienne, avait toujours été aisée et qui, grâce aux revenus de son mari, se dispensait de travailler pour s'adonner à ses petits hobbys de peintre du dimanche.

« Un jour, Nathalie me confia ce qu'elle appelait son secret. Elle avait un amant : Julien Daquer, le patron de Ria Immo. Sa vie en était transformée, elle avait rencontré le grand amour ! Elle ne put résister au plaisir de me présenter son chéri. Fallait-il que ses sentiments aveuglent Nathalie pour qu'elle ne se rende pas compte que celui-ci était le prototype de l'homme à femmes ! Il faut dire que Julien Daquer avait les atouts pour cela : le physique, beaucoup de charme et une extrême gentillesse qui faisaient qu'il attirait spontanément la sympathie. Il ne fut pas long à venir me rendre visite au magasin et à tenter sa chance. Alors que depuis ce qui s'était passé au Cormoran, je ne souffrais plus qu'un homme me touche, curieusement, avec Julien, je ressentais quelque chose de différent. Il pouvait effleurer ma main, me prendre par l'épaule sans que cela entraîne l'habituelle sensation de répulsion que j'éprouvais vis-à-vis des hommes. Peu à peu, l'idée de jouer un bon tour à cette snobinarde de Nathalie s'imposa à moi. En abusant la femme, c'était un peu du mari dont je me vengeais. Car je ne pardonnais pas sa dérobade à Georges ; cela peut paraître paradoxal, mais je lui en voulais presque plus qu'aux autres. Je n'eus aucun mal à faire tomber Julien entre mes bras. Il faut reconnaître que s'il n'y avait qu'un seul domaine dans lequel il excellait, c'était dans le rôle d'amant. Je ne sais par quelle extraordinaire alchimie il parvint à chasser mes inhibitions et à me faire retrouver mes sensations de femme. Mais pour tout le reste, Julien n'était qu'un être terriblement faible et velléitaire.

« Le partager avec Nathalie m'avait au début amusée, mais bientôt j'éprouvai un sentiment croissant de jalousie, notamment quand elle croyait utile de me faire ses confidences amoureuses. Je voyais en elle une rivale que j'avais de plus en plus de mal à supporter. Je continuai cependant à faire bonne figure, tant et si bien que jamais elle ne se méfia de moi.

« Entre autres défauts, Julien était joueur, ce qu'ignorait Nathalie. Il passait le plus clair de ses soirées à Lorient où il jouait gros au poker. Il y a peu, il me confia devoir une somme importante, environ 50 000 euros, à un groupe de joueurs. Il n'avait que quelques jours pour s'acquitter de sa dette. Ses créanciers ne plaisantaient pas et l'avaient menacé de sévères représailles en cas de non-paiement. Il ne possédait pas le premier sou vaillant. Les banques refusaient de lui prêter de l'argent.

Même Mercillac lui avait opposé une violente fin de non-recevoir. Il me dit qu'il envisageait de solliciter Nathalie, au moins pour une partie de la somme, de quoi faire patienter ses créanciers. Mais il hésitait encore, craignant sa réaction lorsqu'il devrait lui révéler l'autre face de son existence.

« À peine avait-il fini de m'exposer son idée que j'avais imaginé un scénario différent. Les événements me permettaient de me jouer de ma rivale. Je fis part de mon plan à Julien : Nathalie serait immanquablement disposée à acheter le silence de celui qui la menacerait de mettre son mari au courant de ses fredaines. Sur le coup, Julien s'offusqua. Il avait le chantage en horreur ; il ne pouvait décemment agir de la sorte avec Nathalie. Pour finir, il me traita même de folle à lier. Je l'avertis que s'il refusait de mettre mon plan à exécution, j'informerais Nathalie de notre propre liaison, et il pourrait alors faire une croix définitive sur son argent.

« Julien était faible, le dernier qui parlait avait toujours raison avec lui. Il finit par adhérer à mon plan, et nous rédigeâmes une lettre à l'intention de Nathalie en lui réclamant 15 000 euros, somme que Julien estimait suffisante pour gagner un peu de temps. Julien tapa la lettre sur son ordinateur et, discrètement, la déposa dans la boîte des Bramant, l'après-midi du mardi 5 juin. Nous n'avions pas une seconde douté que Nathalie se précipiterait pour verser l'argent. Elle aimait passionnément Julien, et, en même temps, était obnubilée par le désir de cacher à tout prix sa liaison à son mari. Lorsqu'elle en vint à se confier successivement à nous deux, nous nous payâmes même le luxe de la dissuader de céder au chantage, et lorsqu'elle eut des difficultés avec sa banque pour obtenir des liquidités, c'est tout naturellement que je l'orientai vers Christian Mercillac. Nous avions fixé la remise de la somme au jeudi soir, 7 juin, à minuit, Julien se proposant, en ami fidèle, de seconder Nathalie dans cette tâche. Pour ma part, je devais récupérer l'argent dès que Julien m'aurait donné le signal. Or, ce jeudi était le premier du mois, celui où, au Cormoran, la clique de Peter Allison se réunissait…

« Je l'ai dit et redit, la volonté de me venger ne m'avait pas quittée. Lorsque le hasard me faisait croiser un de mes bourreaux, un véritable haut-le-cœur me saisissait. Il suffisait d'un déclic pour que je passe à l'action. Ce déclic, de manière fortuite, me fut apporté par une conversation avec Soizic Morel, la jeune maîtresse que Doucy entretenait. Le jour où Julien porta notre lettre chez les Bramant, elle vint à mon magasin pour quelques achats et ne put s'empêcher de me faire des confidences sur le notaire et ses soirées au Cormoran. Avec un immense dédain, elle m'annonça que Doucy et ses amis faisaient appel à des prostituées. Des prostituées ! Mais pour qui se prenait-elle ? Croyait-elle vraiment valoir davantage, elle qui profitait sans vergogne des largesses du notaire ? Après le départ de la fille Morel, je restai pétrifiée, comme à chaque fois qu'un événement ou quelqu'un me replongeait dans mon passé. Soizic ne valait pas grand-chose, peut-être, mais que dire de moi-même ? J'avais accepté de l'argent contre mon silence. En le recevant de ceux qui m'avaient violée, je m'étais dégradée, rabaissée. Au moins, une prostituée vendait-elle son corps ; moi, je n'avais même pas vendu mon corps, on me l'avait ravi de force, et au lieu de réclamer justice, j'avais pris de l'argent, tout cela pour obtenir le commerce dont je rêvais. Comme Mercillac et compagnie avaient dû se gausser de moi !

« Je me souviens nettement avoir passé l'après-midi à ressasser les mêmes pensées obsessionnelles jusqu'à ce que l'évidence s'impose : ce n'était qu'en supprimant ceux qui m'avaient fait perdre tout respect de moi-même que je pourrais regagner ma dignité.

« Une fois ma décision arrêtée, je me sentis pour la première fois depuis longtemps un peu plus sereine, et commençai à élaborer mon plan. Je décidai de m'occuper tout d'abord de Doucy, car de tous, au Cormoran, il s'était montré le plus abject. Mais pour atteindre mon but, j'avais besoin d'aide. Dans l'après-midi du jeudi – le soir même le club avait sa réunion –, je téléphonai à Lisette Marconnet, au Cormoran. Je lui rappelai qui j'étais et lui remémorai ce que j'avais subi dans son hôtel, il y avait un an et demi. Lisette s'en souvenait parfaitement. J'avais cru sentir de sa part un brin de sympathie envers moi et je ne m'étais pas trompée. Je lui demandai simplement de profiter d'un moment où Doucy serait occupé pour lui emprunter les clés de sa BMW et de m'en ouvrir les portes. J'expliquai à Lisette que je voulais laisser au notaire un petit « cadeau » en souvenir de ce qu'il m'avait fait. Lisette ne m'en demanda pas davantage, elle-même détestait Richard Doucy, elle m'assura que sa voiture serait ouverte.

« Un peu après minuit, je reçus l'appel de Julien. Nathalie avait bel et bien déposé l'argent à l'endroit convenu. Je m'y rendis aussitôt et récupérai la sacoche. Ensuite, je pris la direction du Cormoran. J'abandonnai mon véhicule à bonne distance de l'hôtel. Laissant la sacoche dans le coffre, sous la pluie battante, je me dirigeai à pied vers l'hôtel. Dans la cour, je repérai la BMW du notaire. Lisette avait bien joué son rôle, la voiture était ouverte. Je m'installai sur le siège arrière, retirai mes chaussures et les glissai dans un sac en plastique pour ne pas laisser d'empreintes, puis je verrouillai la voiture de l'intérieur. Je dus patienter pendant de longues heures, serrant dans ma main le 6,35 qui avait appartenu à mon père et que j'avais conservé. Mon père ne s'en était jamais servi, mais il avait une véritable phobie des agressions et m'avait initiée toute jeune au maniement de l'arme. Enfin, vers quatre heures trente, au petit matin, je vis Doucy sortir de l'hôtel. Malheureusement, Mercillac l'accompagnait. Je m'accroupis, bien protégée derrière le fauteuil du conducteur. J'entendis Doucy ouvrir la voiture. Il s'installa sans remarquer ma présence et démarra. Je n'avais plus le choix, je devrais attendre que le notaire soit arrivé à son domicile pour le tuer. Moins d'une demi-heure plus tard, il se garait. Je me redressai immédiatement derrière lui. J'eus la satisfaction de le voir me jeter un regard effrayé dans son rétroviseur intérieur avant que j'appuie sur la détente. Il s'effondra d'un coup sur le volant. Avant de quitter la BMW, je remarquai le petit sachet posé sur le siège du passager. Pour ce que je savais de Doucy, je me doutais qu'il s'agissait de drogue. Les circonstances me servaient. La police pourrait mettre le meurtre de Doucy sur le compte d'un trafic de stupéfiants. J'abandonnai rapidement la BMW et rentrai chez moi en courant. Je me servis de ma petite Vespa pour retourner chercher mon Berlingo garé aux alentours du Cormoran. Tout s'était passé pour le mieux, et je ne doutais pas que Lisette tiendrait sa langue. Je ressentais un grand soulagement et une violente excitation. La facilité avec laquelle j'avais exécuté Doucy me semblait porteuse d'espoir pour la suite. Dans la matinée, je remis l'argent à Julien.

« Ce fut Nathalie qui me procura l'occasion de m'occuper du suivant. Le matin de son rendez-vous avec Mercillac, elle me téléphona pour m'apprendre qu'elle devait déjeuner avec le banquier à midi et demi à La Terrasse de Saint-Guillaume. J'appelai Mercillac et, imitant le timbre de voix de Nathalie – je suis très douée pour cela –, je lui dis que j'aimerais que notre rendez-vous soit avancé d'une demi-heure et qu'il m'attende directement au restaurant. Mon imposture marcha à merveille, et Mercillac ne se douta de rien. J'arrivai bien en avance de façon à garer ma voiture loin du restaurant et descendis dans le petit chemin pour l'attendre. Pour arriver à mes fins, il fallait que l'endroit soit désert, et la chance me servit, il l'était. Mercillac arriva peu après midi. Quel ne fut pas son saisissement lorsque je surgis devant lui. Hébété, il fixait mon revolver pointé sur sa chère petite personne. L'imbécile se mit à geindre, à me proposer encore de l'argent. D'une balle en pleine poitrine, j'interrompis ses jérémiades. Je remontai très vite le chemin et rejoignis ma voiture. Plus tard, je quittai les lieux, incognito, du moins je le pensais. Je m'étais fait une nouvelle fois justice, mais restais un peu frustrée : la mort de Mercillac avait été trop rapide. J'aurais préféré qu'il se voie davantage mourir.

« Pour ce qui est de Julien, il n'en avait pas terminé avec ses ennuis. Il s'était rendu à Lorient le vendredi, jour de la mort de Doucy, avec les 15 000 euros pour s'acquitter d'une partie de sa dette. Mais on lui réclamait le reliquat sous huit jours. Julien avait déjà reçu une visite musclée et tremblait littéralement de peur. On l'avait menacé de le mutiler s'il ne respectait pas le délai fixé. Je proposai à Julien de taper Nathalie à nouveau, mais il s'y refusa catégoriquement. Pour une fois, il me tenait tête. Il n'avait, disait-il, de salut que dans la fuite. Il était bourrelé de remords, bien décidé à déguerpir au plus vite, regrettait d'avoir mystifié Nathalie. Quand il s'est mis à pleurer à chaudes larmes, j'ai compris que je ne pouvais plus avoir confiance en lui et je me mis à craindre qu'un jour ou l'autre, il ne craque et ne déballe à Nathalie la vérité sur le chantage dont elle avait été victime. Il fallait absolument que je m'assure que Julien ne commettrait pas cette bêtise.

« Nathalie, qui n'avait pas de secret pour moi, m'avait avertie qu'elle devait se rendre à Rennes la journée du jeudi, hier donc. Je résolus de profiter de son absence. J'appelai Julien, en début d'après-midi, pour lui dire que j'aurais aimé le rencontrer une dernière fois avant son départ. Pour le décider, j'ajoutai que j'avais une idée pour lui procurer de l'argent. Je savais que Julien, comme moi, raffolait des promenades en mer. Je lui suggérai de nous retrouver sur le *Genath*, le petit voilier que Nathalie me prêtait à l'occasion, pour une dernière escapade amoureuse. Ensuite, par précaution, je téléphonai à Nathalie pour m'assurer qu'elle se trouvait toujours à Rennes. C'était le cas. Elle me fit part de toutes ses inquiétudes au sujet de Julien. Pour mettre fin à ses lamentations, je lui dis que je venais de l'avoir au téléphone, qu'il allait mieux, qu'elle ne devait plus s'inquiéter, qu'il s'expliquerait bientôt auprès d'elle.

« À seize heures, j'étais sur le port d'Étel où est amarré le voilier. Comme je ne voulais pas être reconnue, j'avais mis une perruque noire et un pull marin rayé rouge et blanc. C'est avant de partir, en me regardant dans la glace, que je fus frappée par la ressemblance avec Nathalie qui avait également l'habitude de se vêtir de cette façon lorsqu'elle partait en mer ; mais je n'avais pourtant rien prémédité. Une fois à bord, je retirai ma perruque et attendis Julien qui ne tarda pas à faire son apparition. Nous mîmes le cap vers la plage de Kerminihy. Julien n'avait pas renoncé à son idée de fuite, il comptait partir la nuit même pour le Midi. Sa décision était ferme et sans appel. J'essayai de le faire changer d'avis, car, finalement, il était le seul homme qui eût compté dans ma vie, mais rien n'y fit. Bientôt, il se mit à m'accabler de reproches. S'il s'était conduit en salaud, c'était à cause de moi, il n'oserait plus jamais se regarder en face. D'ailleurs, une fois qu'il serait en sécurité, il avait l'intention d'appeler Nathalie pour lui dire toute la vérité. Sur le coup, je le giflai. Blanc de colère, il commença à me secouer en tous sens, me traitant de cinglée. Je réussis à le repousser violemment et il bascula en arrière, sa tête heurtant violemment la bôme. Il se redressa en titubant.

Alors que je tendais les bras pour l'aider à garder son équilibre, le roulis fit soudainement virer le bateau, et, à demi-conscient, Julien bascula par-dessus bord. Je cherchai en vain la trace de son corps, les flots l'avaient englouti. Je jure que je ne lui voulais pas de mal. J'aurais tout mis en œuvre pour le sauver, si cela avait été possible. La mort de Julien fut un accident.

« De retour à Étel, j'enfilai à nouveau la perruque brune pour rentrer chez moi. La mort de Julien me semblait un mauvais présage. Et de fait, dans mon organisation, un grain de sable s'était glissé. Il avait pour nom Georges Bramant. Depuis Paris où il s'était rendu, il m'avait appelée, hier soir, pour me dire qu'il voulait absolument me rencontrer en un lieu discret, pour m'entretenir de choses importantes nous concernant lui et moi. Je lui donnai rendez-vous en fin d'après-midi, ce vendredi, à Port-Bara. Je suis née à proximité de la Côte Sauvage et je pense qu'inconsciemment, j'avais choisi pour notre rencontre cet endroit tourmenté et accidenté, car je l'estimais au diapason de ma vie. Bramant me suspectait depuis la mort de Doucy, et ses soupçons s'étaient transformés en certitudes après le meurtre de Mercillac. Ce jour-là, il avait suivi Nathalie et m'avait vue revenir du restaurant… La suite, vous la connaissez.

« Je n'ai malheureusement pas pu aller au bout de mes résolutions. Mais je ne regrette rien. J'aurais juste préféré que la balle du lieutenant Menotti mette fin à mes jours plutôt que de me briser l'épaule.

Corinne Garec.

Épilogue

Vendredi 29 juin, 20 heures. Port de Roscoff.

Il y avait foule sur le débarcadère. Le ferry en provenance de Portsmouth venait d'accoster, et les premiers passagers en descendaient. Sur le quai, Nathalie Bramant se tenait aux côtés de Georges. Les deux époux se retrouvaient pour la première fois depuis les événements survenus sur la rivière d'Étel. Après l'agression dont avait été victime Georges à Port-Bara, Nathalie avait quitté leur résidence pour rejoindre son frère qui vivait en Vendée.

— Je ne pensais pas te revoir si tôt, fit Georges.

— Je reviens pour Sophie. J'aimerais l'avoir avec moi pendant quelque temps.

— Oui, évidemment, cela me paraît normal. Nous allons lui parler sans trop attendre. Je suppose que tu voudras repartir tout de suite ?

— Parce que tu vois autre chose à faire ? Dupée par l'homme en qui j'avais mis tout… toute mon affection et par ma meilleure amie, j'ai l'impression que ma vie est un champ de ruines.

— Je comprends ce que tu ressens. Tous ceux que tu aimais t'ont trahie… Même moi… Celle que tu croyais ton amie, cette malheureuse Corinne, ne s'était jamais remise de ce qui lui était arrivé au Cormoran. Elle vivait dans un monde bien à elle où presque personne ne trouvait grâce à ses yeux. Elle parvenait pourtant à dissimuler sa folie meurtrière sous une apparence calme et avenante. Jusqu'au jour où sa raison a vacillé pour de bon et où elle a complètement perdu pied. Elle ne poursuivait qu'un but : la vengeance. Rien n'aurait pu l'arrêter, ni l'amour ni l'amitié. Tu ne pouvais imaginer ce terrible scénario.

— Je ne veux plus en parler, Georges, jamais plus.

Il soupira.

— Ne plus en parler n'est peut-être pas la bonne solution. Garder tout en soi peut être le pire des choix, j'en sais quelque chose. Et maintenant que vas-tu faire ?

— Je repars en Vendée, à La Tranche-sur-Mer. Le Salon de Morgane m'a donné des idées. C'est un concept que j'ai envie de développer là-bas.

— Je te souhaite sincèrement bonne chance. N'hésite pas à m'appeler si tu as besoin de quoi que ce soit. Qu'il s'agisse d'argent ou de conseils, tu peux compter sur moi.

— Je sais. Je te remercie. Et toi ?

— Moi ? J'aurais dû mourir deux fois : la première, lors de mon accident de voiture, et la deuxième, lorsque Corinne m'a précipité dans le vide.

Je ne sais par quel miracle j'ai pu me raccrocher à ce promontoire.

Georges s'interrompit un instant avant de reprendre avec un petit rire.

— Pour un peu, je me serais retrouvé totalement impotent. Je me considère donc en sursis.

Après un silence, la voix étranglée, il poursuivit :

— Quand je suis allé à Paris, c'était en fait dans l'intention de réintégrer mon ancienne boîte. Mais je crois que je vais demeurer à la pointe de Gâvres. En dépit de tout, je suis attaché à ce coin.

Georges fit encore entendre un drôle de rire sans joie.

— Et puis, il faudra bien que je termine mon histoire de Port-Louis…

Les derniers voyageurs quittaient le bateau. Nathalie et Georges aperçurent une mince silhouette familière qui agitait les bras. Un énorme sac de voyage sur l'épaule, Sophie se précipitait à leur rencontre.

— Maman ! Papa !

Elle se jeta dans les bras de sa mère, sauta sur les genoux de Georges.

— Oh ! Ce que je suis contente de vous revoir ! Alors, papa ! Toujours content de ton bolide ? fit-elle en frappant du plat de la main sur l'accoudoir du fauteuil de Georges. Je sens qu'on va s'éclater tous les trois, cet été ! continua Sophie, tout excitée. Ce soir, je commence par un gigantesque plateau de fruits de mer ! J'en ai des choses à vous raconter ! Vous ne pouvez pas imaginer. Ça bouge à Londres, ce n'est pas comme dans votre petit coin où il ne se passe jamais rien !

Georges tourna la tête vers Nathalie. Elle le regardait et, malgré eux, pour la première fois depuis bien longtemps, ils ne purent s'empêcher d'ébaucher un sourire.

FIN

Inscrivez-vous gratuitement,
et sans aucun engagement de votre part,
à notre bulletin d'information
en nous retournant le coupon ci-contre.

Vous serez averti(e) des parutions en exclusivité,
pourrez bénéficier d'offres spéciales,
de cadeaux, etc.

Chaque nouvel inscrit recevra
une petite surprise…

Rejoignez-nous vite !

Et n'hésitez pas à proposer l'inscription
à vos parents et amis…

Je désire m'abonner gratuitement
au bulletin d'information des Éditions du Palémon :
je serai informé(e) des parutions
de Jean-Marc Perret,
ainsi que de l'actualité et des offres Palémon.

Nom ....

Prénom ....

Adresse ....

....

Code Postal ....Ville ....

Pour encore plus d'offres et d'infos,
indiquez votre adresse e-mail :

E-mail ....@....................

Bon à compléter ou à recopier
et à retourner par courrier à l'adresse suivante :

ÉDITIONS DU PALÉMON
ZI de Kernevez
11B rue Röntgen
29000 QUIMPER

Vos données sont collectées par les éditions du Palémon afin de vous inscrire à notre lettre d'information. Le recueil des données est facultatif et limité à ce qui est strictement nécessaire pour vous faire parvenir notre catalogue et/ou notre newsletter. Vous pouvez à tout moment accéder à vos données, les rectifier, demander leur suppression ou la limitation de leur traitement. En cas de question, vous pouvez nous contacter au 02 98 94 62 44 ou sur **contact@palemon.fr.**

❒ Je consens à l'utilisation de mes données

❒ Je souhaite m'inscrire à la newsletter

JMP02

Retrouvez l'ouvrage de Jean-Marc Perret
et tous les titres des Éditions du Palémon sur :

www.palemon.fr

ÉDITIONS DU PALÉMON
ZI de Kernevez - 11B rue Röntgen
29000 QUIMPER
02 98 94 62 44
Dépôt légal 3e trimestre 2021

ISBN : 978-2-372606-19-6

Achevé d'imprimer en septembre 2021
sur les presses de la Nouvelle Imprimerie Laballery
58500 Clamecy
Numéro d'impression : 108462 - 1er tirage

Imprimé en France

La Nouvelle Imprimerie Laballery est titulaire de la marque IMPRIM'VERT®